RESTER LE CHASSEUR

DU MÊME AUTEUR :

Romans :
Les Engloutis, Éditions de l'Observatoire, 2018 ; Pocket, 2019.
L'Indienne et le Cardinal, Plon, 2017 ; Pocket, 2018.
Le Loup et le Lion, Plon, 2015 ; Pocket, 2016.
Le Chemin des faux serments, Plon, 2010 ; Pocket, 2012.
L'Ordre du monde, Timée Éditions, 2007 ; Pocket, 2009.
La Conspiration Bosch (en collaboration), Timée Éditions, 2006 ; Pocket, 2007.
1661 (en collaboration), Timée Éditions, 2005 ; Pocket, 2006.

Essais :
Frank Sinatra : Un rêve américain, Timée Éditions, 2008.
Ernest Hemingway : La Vie en face, Timée Éditions, 2005.
Winston Churchill, Timée Éditions, 2004.

Denis Lépée

Rester le chasseur

Fayard Noir

Couverture :
Conception graphique : © Alistair Marca & Adrien Toledano
Motifs : © Tim Robinson

ISBN : 978-2-213-72587-1

Dépôt légal : septembre 2023

Celui-ci aussi est pour Caroline

La mer lave toutes les souillures des hommes.
Euripide

1

Lundi 15 septembre, à dix milles nautiques au large de la côte bretonne.

Le bateau filait trente nœuds, cap au nord-est. Le pilote jeta un coup d'œil sur le côté et tourna sa barre pour commencer à arrondir sa trajectoire. Sur sa gauche, le phare du Grand Léjon était un point lumineux dans la nuit. De part et d'autre du poste de pilotage, deux plongeurs en combinaison noire se tenaient debout, assurés d'une main aux barres fixées à la console. Leurs bouteilles et tout leur matériel de plongée étaient posés à l'avant du semi-rigide.

Les nuages bas, renforçant l'obscurité d'une nuit sans lune, servaient leurs objectifs. Tout comme l'absence de vent, tombé dans la matinée, qui donnait à la baie de Saint-Brieuc l'allure plate d'un lac de montagne. Impossible de rêver mieux. Du doigt, le pilote désigna sur la carte de l'ordinateur de bord la limite de la zone de forage sur laquelle travaillaient les équipes chargées de la préparation du futur parc éolien offshore. Soixante-deux éoliennes de deux cents mètres de haut à planter en pleine Manche bretonne.

Droit devant eux, la plate-forme gigantesque du bateau-usine, signalée par des feux, ressemblait à une soucoupe volante suspendue à la limite invisible entre l'eau et le ciel. Leur destination était toute proche à présent. La frégate de la Marine nationale dépêchée en appui sur cette zone interdite à la navigation avait bougé la veille pour gagner une anse plus à l'ouest. Encore un signe de chance, pensa Romain. Il ajusta sa cagoule de néoprène. Mieux valait être paré. Moins longtemps ils resteraient sur place et mieux cela vaudrait. Le pilote réduisit l'allure du bateau. Puis il passa au point mort et déclencha la commande qui libérait l'ancre et sa chaîne.

– On est pile sur le point que l'association Sea Shepherd a repéré. Les employés de la plate-forme ont creusé là toute la semaine dernière. Il doit y avoir quinze ou vingt trous, par groupe de trois, en deux lignes.

Romain acquiesça et se tourna vers le deuxième plongeur. Maintenant assis sur le boudin du semi-rigide, celui-ci chaussait ses palmes. Grand et mince, les traits taillés à la serpe, le teint buriné, cheveux bouclés et yeux verts, l'Italien ressemblait décidément à un tableau ancien, songea-t-il.

– On y va, Andrea ? Tu as testé ta caméra ?

L'autre hocha la tête.

Romain se retourna vers le pilote.

– On descend trente minutes max, Marco. Tu nous verras au palier. Si problème…

– Je démarre le moteur et trois coups longs, oui. Et comme il n'y a pas de matos à bord, si quelqu'un vient me chercher des noises j'étais venu pêcher pour profiter de la zone protégée, dit-il en souriant et en désignant les deux cannes à ses pieds.

Romain ramassa ses gants et son masque sur le plancher du semi-rigide. Andrea avait fini de s'équiper. Tout en lui respirait le calme du professionnel. Ils n'avaient plongé que deux fois ensemble dans les jours précédents, mais Romain ne ressentait pas d'appréhension. Marco s'était porté garant de lui, et cela lui suffisait.

– Le bateau de l'association Sea Shepherd a enregistré à distance le bruit des foreuses pour faire comprendre combien ça perturbait la faune. Nous, on va faire mieux. On va montrer que leurs trous ne fonctionnent pas, qu'ils s'écroulent, avait dit Marco quand il les avait fait se rencontrer dans un bar proche du port.

Andrea était déjà partant pour l'aventure, alerté par le bouche-à-oreille des réseaux sociaux associatifs. Le moyen le plus discret pour monter des opérations en passant sous le radar des autorités. Il débarquait de six mois de campagne sur un bateau de Greenpeace à se frotter aux forages en mer du Nord. Pour autant, Romain n'avait pas décelé en lui de ces failles qui le gênaient souvent chez les militants radicaux. Des types qui croyaient vraiment que leur cause valait plus que tout. Au contraire, il émanait d'Andrea une sérénité scientifique rassurante. Pour Romain, au-delà de sa conviction naturelle qu'il était absurde de dépenser des milliards d'euros subventionnés par le contribuable pour aller planter des pieux de plus de deux cents mètres de haut par quarante mètres de fond dans une eau agitée par les marées parmi les plus fortes du monde, une telle opération restait quand même davantage un jeu qu'autre chose. Perpétuer les gendarmes et les voleurs de l'enfance, quelque chose comme ça.

Il entendit la voix d'Andrea sans le distinguer :

– On y va ?

– On est partis.

Un instant plus tard, Romain descendait le long de la chaîne d'acier qui brillait par intermittence dans le faisceau de sa lampe torche. Vingt mètres. Vingt-cinq mètres. Il se laissait aspirer par les eaux profondes dans un noir presque absolu. Andrea, quelques mètres derrière lui, le suivait comme son ombre. Trente mètres. Trente-cinq. L'ordinateur de plongée fixé à son poignet tinta une première fois pour signaler la profondeur atteinte. Quarante mètres. Le fond apparut soudain devant lui, et il se redressa pour ne pas remuer le sable sous ses palmes. Il s'immobilisa, respirant lentement, pour laisser le temps à ses yeux d'accommoder. Son binôme apparut à côté de lui. Il discernait les contours du sol à présent. Espérant que le point GPS était bon, il donna une impulsion en direction du nord. Il palmait lentement, d'un geste sûr. En un instant, il fut face à un trou béant de quatre ou cinq mètres de diamètre au-dessus duquel il imaginait l'ombre gigantesque de la foreuse en surplomb, comme un énorme animal à l'affût. Il s'arrêta de nouveau pour enclencher la caméra fixée dans un compartiment étanche au-dessus de son masque. Il se retourna vers Andrea et lui fit signe qu'il allait descendre explorer le trou conformément à ce qu'ils avaient décidé.

Puis il bascula tête en avant dans l'orifice, un bras le long du corps, l'autre pointé devant lui pour éclairer. Il lui sembla entendre un lointain grondement. Il s'arrêta pour essayer d'identifier si c'était un moteur, mais il n'y avait plus de bruit à présent.

Il reprit sa progression. Il ne voyait plus rien hors du faisceau de sa lampe torche. Et même dans cette lumière, l'eau était si chargée de particules que la vision était limitée. Il descendait doucement. Un coup d'œil à sa montre : quarante-sept mètres, quarante-neuf, cinquante et un. Ils avaient quand même réussi à forer profondément. À terme, les trous véritables, ceux-ci n'étant que des essais, étaient censés mesurer près de quarante mètres de profondeur. Cinquante-cinq mètres. Cinquante-huit. Son bras tendu toucha le fond du trou. Il remonta de deux mètres, tourna sa lampe vers les parois et balaya en cercle. La coupure dans la roche semblait nette. Il approcha sa main. Des éclats friables partirent en tous sens. Il remonta encore en longeant la paroi. Une ombre contre lui le fit sursauter. Un poisson venait de le frôler. Un téméraire. Il heurta la paroi avec sa bouteille. Il sentit un glissement contre lui et un poids soudain sur ses épaules. Un poids de terre et de roche. Comprenant le danger, il s'écarta d'un coup de palmes vigoureux pour se replacer au milieu du trou. Le forage était moins assuré qu'il paraissait au premier abord. La paroi était friable. À l'endroit où il avait cogné la roche, un creux était apparu. Depuis le haut, des pierres tombaient régulièrement. Il pensa qu'il était sage de ne pas rester là. Leurs trous étaient tout sauf stables. Il entama sa remontée doucement. L'eau était de plus en plus saturée de poussière. En arrivant au niveau du fond marin, il aperçut l'ombre d'Andrea qui l'attendait, filmant sa remontée. Un coup d'œil à sa montre, ils étaient dans les temps. Le film allait avoir un succès fou.

Paliers effectués, les deux plongeurs émergèrent à la surface où régnait un silence complet. Pas un souffle de vent ne troublait la surface. Romain gonfla légèrement son gilet stabilisateur et appela :

– Marco !

Personne ne répondit. Il appela de nouveau, un peu plus fort.

– Mais je rêve, il s'est endormi ou quoi ? Tu parles d'un pilote, grommela-t-il en débouclant sa ceinture lestée.

Il la hissa à bord par-dessus le boudin noir du semi-rigide. Andrea patientait à côté de lui. Romain détacha la veste qui portait son bloc d'air comprimé et l'attacha à un cordage qui pendait dans l'eau. Libéré du poids de son matériel, il se hissa à bord.

– Oh, Marco ! grogna-t-il en roulant sur le fond, handicapé par ses palmes.

Il s'assit et les retira puis se mit debout.

– Marco ! appela Andrea à son tour en se hissant dans le bateau.

Interloqué, il se tourna vers Romain.

– Mais il est où, bordel ?

Les cannes à pêche étaient là. Les clés sur le contact du bateau.

– Merde, merde, merde. Marco ! s'énervait Andrea.

Le cœur de Romain se serra. Il ouvrit d'un geste brusque le coffre central. Les gilets étaient là aussi ainsi que le radeau de survie, rangé au fond.

Il tendit les doigts vers le bloc de l'ordi et appuya sur la touche rouge marquée en majuscules des trois lettres M.O.B.

Andrea le vit faire et se tut.

Une alerte pour un homme à la mer : *Man Over Board*.

À vingt-trois heures, dans une nuit sans lune et même par temps calme, dans de l'eau à quatorze degrés, l'espérance de vie sans gilet flottant n'était franchement pas bonne.

Le message devait déjà être arrivé aux gardes-côtes du Cross. L'alerte allait être déclenchée. Leur expédition mi-potache mi-écolo n'avait plus beaucoup d'importance. Seule comptait la touche rouge qui scintillait, un petit point clignotant désormais inscrit sur la carte de l'ordinateur.

Au loin, derrière eux, les seules lumières que l'on apercevait étaient celles de la plate-forme endormie.

Tout semblait si calme.

La tête dans les mains, Andrea jurait en italien.

Romain sentait la peur irradier tout son corps.

– Marco, murmura-t-il, mais qu'est-ce qui s'est passé, putain ?

2

Alex accéléra le rythme de sa course. La dernière montée. Celle qui tirait sur les muscles. Un ultime effort familier. Le sentier des douaniers suivait les déclivités de la ligne des falaises. Il déboucha en haut de la côte et continua en petites foulées. Les deux derniers kilomètres de son footing quotidien s'offraient à lui d'un seul regard, le vert et bleu de la mer à perte de vue, ponctué par l'ocre foncé des roches éparses. Le petit chemin serpentait en descendant vers la plage du Palus puis se poursuivait le long de la grève. La maison qu'il louait, en contrebas de la falaise, apparaissait à peine, son toit plat tapi contre les rochers.

Comme au jour où il l'avait découverte quatre ans plus tôt – à la fin d'une après-midi pluvieuse rendue vraiment déprimante par cinq visites de maisons plus laides les unes que les autres –, sa vue le réjouissait. Accessible seulement par la mer ou par un redoutable chemin descendant à pic de la falaise, cet ancien hangar à bateaux était resté inutilisé pendant des années jusqu'à ce qu'un héritier du propriétaire décédé se décide à essayer de le rentabiliser. En échange d'un an de franchise de loyer et un plan de travaux partagés, Alex et sa femme Mairead avaient emporté l'affaire et convaincu le propriétaire de Paimpol de leur confier sa curiosité. Sans doute avoir un commandant de police comme locataire l'avait-il rassuré. Mairead y avait gagné un atelier étroit mais doté d'une vue exceptionnelle pour peindre ses toiles qui se vendaient de mieux en mieux. Leurs deux enfants, Sean et Iona, une agilité de cabri à monter le chemin pour aller à l'école ; et Alex le bonheur de la vue sur le large et la joie, dont la totalité de ses collègues du commissariat de Saint-Brieuc jugeaient que c'était un plaisir de cinglé, d'aller travailler en bateau lorsque le temps et les marées le permettaient.

Il entra dans la maison par l'immense porte du hangar à bateaux qui occupait presque la moitié de la façade et se doucha dans l'espace baptisé « retour de la plage », aménagé à côté de son semi-rigide et qu'il affectionnait même après la saison d'été. Il se sécha, attrapant dans la glace l'image de son visage aux traits durs, tout en angles, mâchoire carrée, pommettes hautes, au-dessus desquelles brillaient des yeux rendus encore plus noirs par le contraste avec ses cheveux clairs. Il ouvrit l'armoire forte où il conservait son arme de service ainsi que ses affaires professionnelles et vérifia ses messages sur son téléphone. Rien. Puis il passa un tee-shirt, un sweat à capuche noir et un jean propres et remonta par l'escalier intérieur qui débouchait à côté de la cuisine, devant les fenêtres monumentales ouvertes sur la mer. Il embrassa ses enfants et lança la machine à café.

Âgés de six et huit ans, Iona et Sean avaient hérité de leur mère non seulement leur prénom écossais mais aussi ces yeux bleu délavé des îles du Nord. Ils tenaient en revanche de leur père leurs cheveux blonds en bataille.

– Vous savez où est maman ? demanda Alex.

– Elle travaille, bien sûr, répondit sa fille d'un air sérieux.

– Merci, mademoiselle, dit Alex en se dirigeant, mug à la main, vers l'étage où sa femme avait installé son atelier à côté de leur chambre.

Il resta une seconde dans l'embrasure de la porte à la contempler, concentrée sur sa toile. Mairead était moins grande que lui de près de dix centimètres, mais son port de tête, sous le chignon improvisé avec un pinceau qui retenait ses cheveux d'un noir de jais, lui conférait cette silhouette élancée qui lui avait fait penser à celle d'un elfe lorsqu'il l'avait vue pour la première fois, douze ans plus tôt, dans une cour d'assises où elle croquait son portrait tandis qu'il témoignait, rendant compte de son enquête. La comparaison de l'elfe l'avait fait rire quand il la lui avait avouée, un peu plus tard.

– Chez nous, en Écosse, dans les îles, il n'y a que des fées et des korrigans, c'est connu, s'était-elle moquée.

Elle avait étudié les beaux-arts à Paris. Vivait de boulots alimentaires comme celui de dessinatrice judiciaire. Voulait être peintre. Elle lui avait offert un dessin de lui en lui signalant qu'elle l'avait flatté et que les flics n'étaient pas son genre. Elle avait ajouté qu'elle était fille de policier et que ça l'avait vaccinée sur la profession. Il avait souri. Ils ne s'étaient quasiment plus quittés.

Elle sursauta tout à coup en sentant sa présence et se retourna, pinceau à la main.

– Tu m'as fait peur, dit-elle dans un sourire. J'étais plongée dans mon travail.

– Il est trop tôt pour être déjà en train de bosser.

– Non, parce que je ne fais pas un boulot de paperassier, moi. L'inspiration n'a pas d'heure.

– Les criminels non plus, mon amour.

– C'est vrai, mais regarde cette lumière.

Elle désignait les premiers éclats du matin, filaments roses au-dessus du cap sur la droite.

– Tu as raison.

Il s'approcha et l'embrassa dans le cou.

– Je te laisse travailler.

– Tu vas au bureau ce matin ?

– Je dois passer au commissariat, oui. Et j'ai un rendez-vous en ville mais pas fixé encore.

– Tu as l'air soucieux.

Comme d'habitude, elle lisait aisément en lui. Il éluda.

– Un truc que j'attends et qui ne vient pas. Allez, j'y vais, je prends le bateau, mais il faut que je règle le ralenti, il y avait un bruit bizarre hier. Je ne rentrerai pas tard ce soir.

Il repassa par la cuisine, rangea en maugréant le petit-déjeuner abandonné par les enfants et vérifia qu'ils étaient prêts pour aller à l'école.

– Ne vous mettez pas en retard. Vous surveillez l'heure ?

Il redescendit vers le hangar et déclencha l'ouverture de la porte. Dans un grincement, le volet métallique commença à basculer et la lumière du matin jaillit dans la pièce, éclairant peu à peu toute la rampe équipée de rails par laquelle on pouvait faire descendre le zodiac le long du quai de ciment. Il mit sa main en visière le temps que ses yeux accommodent. Pas de vent. La mer plate. Loin sur la gauche, au large, au-delà de la pointe de Plouha, la silhouette massive de la frégate grise barrée de bleu blanc rouge de la Marine nationale trônait sur l'horizon.

Alex ouvrit l'armoire forte, prit son arme et son chargeur, les glissa dans le holster qu'il fixa à sa ceinture sur la hanche gauche, rabattit son sweat par-dessus. Puis il vérifia de nouveau son téléphone.

Il n'avait toujours aucun message. Il fronça les sourcils. Ce n'était pas normal. Il avait appelé deux fois la veille. Nolwenn aurait déjà dû lui répondre.

Il composa de nouveau le numéro. La communication bascula directement sur la messagerie.

Il n'aimait pas ça. Nolwenn tenait tellement à cette histoire. Son instinct de flic lui soufflait que quelque chose clochait. Il avait appris à écouter ce sentiment intérieur. À force de vivre entouré de gens qui cherchent à cacher des choses, il s'était convaincu que le hasard était un concept douteux. C'était même pour cela qu'il avait adopté cette carrière : pour faire la lumière sur les choses, remplir les zones d'ombre, dissiper les mensonges. Une définition de l'âge adulte en quelque sorte : s'efforcer de conjurer ce qu'on a détesté dans l'enfance.

Il raccrocha et posa le téléphone sur le boudin du semi-rigide. Puis il s'accroupit derrière le moteur de deux cent vingt-cinq chevaux et commença à démonter la protection en plastique qui le recouvrait. Il venait de décrocher le premier panneau quand il fut interrompu par la sonnerie de son portable.

– Ah, quand même, murmura-t-il en tendant la main pour attraper l'appareil.

Il jeta un œil au numéro, mais ce n'était pas Nolwenn.

– Salut, Yves, dit-il en décrochant. Je te mets sur haut-parleur, je suis en train de travailler sur le bateau.

– Pas de problème.

Yves Andrieux était l'adjoint d'Alex qui avait non seulement une confiance absolue en lui, mais aussi une véritable affection pour la simplicité bourrue de ce flic sorti du rang et devenu lieutenant à la force du poignet.

– Ça va ?

– Sais pas, c'est au sujet de Nolwenn Hubert.

La voix grave du colosse – cent kilos pour un mètre quatre-vingt-quinze, tout d'un catcheur avec un crâne parfaitement chauve et des yeux en bille d'agate – paraissait moins assurée qu'à l'habitude.

Alex posa la pièce qu'il tenait, éteignit le haut-parleur et porta le téléphone à son oreille. Il sentait à présent un picotement désagréable dans son épine dorsale.

– Oui, quoi ?

– Il y a quinze minutes, j'étais à la station radio du commissariat pour la veille du matin. Et y a du grabuge au port de Saint-Quay.

– C'est-à-dire ?

– Un homicide. Un corps trouvé sur un bateau de pêche.

Alex respira longuement.

– Et… quel est le rapport ?

– La victime est une femme, pas d'identification à ce stade, mais ils ont trouvé un sac avec des papiers au nom de Nolwenn.

3

Alex passa devant l'île Harbour et son petit phare blanc à pleine vitesse puis ralentit à peine en virant pour pénétrer dans le port de Saint-Quay-Portrieux, niché entre Saint-Brieuc et Paimpol, et à dix minutes en bateau de chez lui.

Il passa devant les feux qui balisaient l'entrée et ralentit avant de traverser en ligne droite, laissant sur sa gauche les pontons destinés aux plaisanciers. Les embarcations de loisir occupaient la plus grande partie de l'immense emprise de ce port en eau profonde, l'un des deux seuls avec celui de Lézardrieux dont il était possible de sortir à n'importe quelle heure du jour et de la nuit sur toute la côte entre Brest et Saint-Malo. L'activité de pêche y était donc très développée, regroupant une flotte de plus de quatre-vingts bateaux.

Les gyrophares devant la criée face à lui et sur le ponton 2 donnaient au port une allure surréaliste. Derrière les rampes de lumière bleues, les cheminées du grand bâtiment rectangulaire frappé du logo de la chambre de commerce continuaient à cracher l'épaisse fumée blanche qui témoignait du traitement des cargaisons rentrées à l'aube.

Alex accosta à côté du ponton carburant puis monta sur le quai. À la limite séparant la zone plaisance de la partie réservée à la pêche, un gendarme auxiliaire montait la garde et lui barra l'accès.

Alex sourit en sortant sa carte de police.

– Commandant Dumas.

L'autre ne bougea pas.

– Je n'ai pas de consignes.

– C'est la brigade d'Étables qui a trouvé le corps ?

L'attitude du jeune gendarme se raidit encore.

– On va faire plus simple, reprit Alex, quand vous le verrez, dites à l'adjudant en charge que je suis là, d'accord ? Ou au procureur, s'il est arrivé. Je les attendrai chez les plongeurs.

Il consulta sa montre.

– J'y serai, disons, dans… vingt minutes.

Il fit demi-tour sans attendre la réponse.

Un véhicule fourgon de l'identité judiciaire de Rennes passait au même moment. Il se gara au bout du ponton, et des hommes en blanc en descendirent pour se diriger vers les bateaux en contrebas.

Alex fit demi-tour puis, tout juste sorti du champ de vision du jeune gendarme, il courut se coller au bâtiment de la criée. Le gamin ne pouvait plus le voir. S'il avait de la chance, aucun gendarme n'avait été placé en surveillance de l'autre côté dans le périmètre même des activités de pêche professionnelles.

Il continua le long du bâtiment, dépassa le magasin de matériel réservé aux propriétaires de bateaux. Il était fermé, mais à travers la grille abaissée, on distinguait d'énormes bobines de cordage de toutes tailles, des filets, des panières, des batteries par dizaines et des piles de vêtements de mer.

Personne. Il sourit, tourna devant la gigantesque chambre froide et se dirigea d'un air assuré droit sur le ponton 2.

Tout en avançant, il cherchait à repérer les caméras et l'angle qu'elles couvraient. La criée était un endroit économique stratégique, et les armements de pêche stockaient du matériel précieux. De mémoire, outre les caméras de surveillance du port, d'autres avaient été installées dans le champ de la criée afin de contrôler l'activité jour et nuit.

Il rajusta son masque et s'engagea sur le ponton desservant les bateaux. Le Covid était utile pour une fois, le rendant anonyme pour la plupart des professionnels des forces de l'ordre qui s'agitaient dans la zone. Leur nombre ainsi que la diversité des services étaient également à son avantage. L'identité judiciaire, en tenue de cosmonaute, arrivait de Rennes, d'autres gendarmes de Saint-Brieuc et sans doute de Brest. Un meurtre n'est pas si fréquent, par bonheur, et les brigades de gendarmerie n'ayant pas l'expérience de ces situations extrêmes sont contraintes de se faire assister par des services spécialisés.

Au milieu de cette agitation, il se sentait quasi invisible. Un sentiment agréable, conforme à son goût naturel pour la discrétion et l'action solitaire. Une tendance complétée par un goût très modéré pour les comptes à rendre qu'il n'avait jamais essayé de corriger. Et lui valait depuis longtemps dans son métier une réputation de franc-tireur.

Amarré le long du quai, la proue vers la mer, le *Pont-Aven* était un chalutier en bois classique, bleu et blanc. Des hommes s'affairaient à bord, recueillant toutes les traces possibles, photographiant chaque angle. Alex s'approcha de l'arrière. Le corps était encore là. Il le voyait de biais. Il y avait des traces de sang sur le pont et le bastingage côté eau. La femme était en partie dénudée. Il voyait de nombreuses plaies. Il essaya de discerner le visage mais sans succès.

Il soupira et recula d'un pas. Il sortit son téléphone et mitrailla la scène en gardant l'appareil au niveau de sa taille pour être aussi discret que possible. Quelque chose cognait dans sa poitrine et pesait sur sa nuque. Il y a une grande différence entre observer un cadavre anonyme et se demander si le cadavre est celui de quelqu'un que l'on connaît. B.A.-B.A. de flic. Il consulta sa montre. Il était temps d'aller discuter avec les plongeurs. Ils auraient peut-être une info. Et puis il avait assez traîné là.

Il rebroussa chemin par le même itinéraire, traversa la petite esplanade et passa la tête par la porte du local du club de plongée.

– Salut, Jean.

Le propriétaire du club leva les yeux de son planning. Il avait l'air grave.

– Salut, Alex, qu'est-ce que tu fais là ?

– J'ai entendu des trucs. C'est quoi ce bordel de déploiement à côté ?

– Sais pas. Sont pas très causants tes collègues. Mais ils disent qu'ils ont trouvé un cadavre sur un chalutier. Enfin, j'en sais pas plus. Toi non plus ?

Alex ne répondit pas.

– Drôle de journée, je te jure, poursuivit Jean, une opération de secours en mer déclenchée cette nuit mais qui paraît-il n'a rien donné. Ils ont même sorti hélico et avion. Et maintenant ça...

– Commandant Dumas ?

Alex se retourna en direction de la voix qui l'appelait. Reconnaissable entre toutes, rocailleuse et n'admettant pas la contradiction, elle appartenait au juge Lelièvre, substitut du procureur de Saint-Brieuc.

Alex le salua. Massif, les cheveux blancs taillés en brosse, le visage large, le procureur se tenait debout, de l'autre côté de la clôture qui délimitait l'espace professionnel, son imperméable beige ouvert voletant derrière lui. Sa cravate était mal serrée, comme mise un peu trop vite. Il avait dû être réveillé au titre de la permanence. Les inconvénients du métier.

– On m'a dit que vous étiez là et que vous vouliez me voir, dit le magistrat d'un ton interrogateur.

Une sorte de « qu'est-ce que vous foutez là ? » bougon mais pas hostile. Du pur Lelièvre.

– J'ai entendu parler de l'opération, monsieur le procureur.

– Et ?

– Je peux jeter un œil ?

Tout en parlant, Alex mesurait que sur une échelle d'impertinence de dix cette phrase le positionnait déjà directement sur un sept ou un huit. Il ne fallait pas trop jouer à ça avec le proc.

Lelièvre soupira et le regarda par-dessus ses lunettes en écaille.

– C'est le bazar ici, commandant. On va pas rajouter de la complication, c'est déjà assez glauque et pénible comme ça.

Lelièvre avait son œil méfiant. Ce qui n'était pas bon signe. Alex avait bien fait d'aller de lui-même faire un tour sans y être invité. Même s'il faudrait probablement qu'il y revienne.

Il s'approcha un peu de la clôture et discernait maintenant l'odeur caractéristique des abords de la criée. Ceux qui y passaient leur journée ne la sentaient plus, disait-on. Il était sceptique.

Le procureur le dominait du regard du haut du talus.

– J'ai entendu un nom, dit Alex. Des papiers trouvés avec un nom. C'est ce qui est passé sur la veille radio des véhicules police-gendarmerie.

– Oui, répondit Lelièvre, laconique.

– On a déjà une idée sur le lien de ce nom avec la victime ?

Le magistrat hocha la tête.

– Forte probabilité que ce soit positif oui, pourquoi ?

Alex accusa le coup en essayant de ne pas le montrer. La probabilité était massive, il le savait bien, mais il avait voulu reculer un peu le moment d'accepter l'énonciation de cette vérité simple : si Nolwenn ne l'avait pas rappelé, c'est qu'au moment où il lui laissait son premier message, elle était peut-être déjà séquestrée, terrorisée, en proie à la souffrance, ou même morte. Le frisson glacé qui courait le long de sa colonne vertébrale lui était familier. En quinze ans de carrière à la PJ, il avait appris à l'apprivoiser un peu. Même si la morsure demeurait vive.

– Je peux peut-être aider à l'identification, reprit-il. Si la victime porte un collier en or avec un N en pendentif, c'est plus que positif, c'est certain.

Une ombre apparut sur le front du magistrat.

– Où voulez-vous en venir au juste, commandant ?

Alex fit encore un pas en avant. Il touchait maintenant presque le grillage.

– Si c'est le cas, si c'est confirmé, est-ce que je peux passer vous voir ? J'aurais besoin de vous parler en tête à tête. Rapidement. Le plus vite possible en fait.

Lelièvre le fixait de son œil imperturbable.

– Mon bureau. Dix-sept heures trente.

– Merci, monsieur le procureur, dit Alex.

Mais Lelièvre ne l'entendit pas. Il avait déjà tourné les talons et rejoignait les gendarmes qui l'attendaient un peu plus loin.

4

Alex avait rejoint le port du Légué à Saint-Brieuc, où il avait une place pour son bateau, avant de se rendre au commissariat pour une réunion de son groupe, quatre enquêteurs en plus de lui. Une petite cellule occupée à la fois à recueillir de l'info, à hiérarchiser les affaires et les menaces et à traiter celles qui apparaissaient prioritaires. Cela faisait du bien de se retrouver dans l'ambiance collective. De parler ensemble des procédures en cours, avec le sentiment de porter en commun la responsabilité des succès, mais aussi des retards, des impasses et, source de la plus grande frustration, de la nécessité de choisir ce que l'on allait laisser de côté, les ressources empêchant de suivre plus d'une ou deux grosses affaires en même temps. Cette solidarité de groupe était une des choses qu'il avait le plus appréciées depuis le début de son expérience professionnelle dans la police. Le dosage de sales cons était le même qu'ailleurs, mais le danger et la pression, le rejet ou l'incompréhension d'une partie de la population vis-à-vis de leur activité soudaient les hommes par-delà les différends et les rivalités qui pouvaient exister entre les individus ou les services. Une carapace commune derrière laquelle il était confortable parfois de s'abriter. Pour reprendre son souffle ou s'offrir un instant de recul. Même lorsqu'on était de la race des solitaires, comme Alex.

Ils firent défiler la liste des dossiers en cours, grommelant comme à l'habitude sur la charge administrative qui les écrasait et les empêchait d'avancer au rythme souhaité. Chacun faisait le point de ses priorités, des éléments nouveaux apparus dans chaque procédure et des hypothèses envisagées pour faire progresser les enquêtes. Alex relançait par des questions destinées à mettre en évidence les éventuels points communs entre certains dossiers qu'il conviendrait alors de joindre.

Il s'efforçait de se concentrer, mais la pensée de Nolwenn ne le quittait pas. La jeune femme était-elle morte parce qu'elle servait de source à Alex ? Il aurait voulu en parler avec Yves après leur réunion, mais son adjoint avait dû partir dans la foulée pour une opération, un point de deal à secouer dans le quartier des Villages.

Dans l'attente de son rendez-vous avec le procureur, Alex décida de repasser chez lui et rongea son frein en effectuant la réparation du bateau abandonnée le matin lors de son départ en urgence.

Mairead avait laissé un mot sur la table de la cuisine. Elle allait déposer des toiles chez son encadreur. Les enfants étaient à l'école.

Il regarda un instant la mer qui montait en vagues longues. Le seul spectacle dont il ne se lassait pas. Qui avait décidé du lieu de sa mutation. Et transformé le hangar à bateaux en épicentre de tout ce qui comptait le plus au monde pour lui : sa femme, ses enfants, la mer. Il avait senti au fil des mois la présence de l'eau s'infiltrer dans leur vie, y prendre plus de place. Cette proximité n'était pas neutre. Elle exerçait une influence sur le tempérament de la famille, sur le travail d'artiste de Mairead, et jusqu'à la manière dont lui-même exerçait son métier. Une fois de plus, il plaignit de tout son cœur ceux qui vivaient loin de l'élément liquide.

Pendant qu'il grimpait le chemin escarpé vers le haut de la falaise pour repartir en voiture à Saint-Brieuc, le vent soufflait de nouveau, levant sur la mer montante une houle qui blanchissait les flots jusque devant les îles en face de Saint-Quay.

L'image de Nolwenn dansait devant ses yeux tandis qu'il conduisait. Il accéléra encore. Son visage effrayé la première fois où elle était venue le voir, presque trois ans plus tôt. Il sortait d'un entraînement de boxe dans un gymnase du centre-ville. Sa silhouette fine, presque voûtée, ses yeux sombres, ses traits tirés de fatigue et de lassitude. Un physique passe-partout, cheveux courts, habits larges, rien qui donne prise. Une éducatrice de quartier exerçant dans les coins difficiles de Saint-Brieuc et de la périphérie. Une éducatrice passionnée par son métier et par les jeunes. Célibataire. Et une vie dont elle ne pouvait plus supporter le tour qu'elle prenait. Elle lui avait expliqué les petits chefs et les petits caïds de son point de vue à elle. Elle se foutait de leur trafic tant qu'ils ne venaient pas pourrir la vie des gamins qu'elle essayait de sortir du bourbier. Le hic, c'est que c'était en permanence le cas. Tout ce qui faisait aussi le quotidien d'Alex. Rien de ce qu'elle lui disait n'était une découverte, mais elle avait besoin de l'exprimer. L'étonnement passé, il l'avait laissée parler et lui avait proposé de poursuivre leur conversation en marchant. Elle s'était un peu apaisée. Elle paraissait soulagée d'avoir réussi à nouer le contact. Elle lui avait avoué qu'elle l'avait suivi pour repérer le lieu de son entraînement hebdomadaire de boxe. Elle ne voulait pas venir au commissariat. Elle avait peur d'être vue avec lui. Ils tournaient dans les petites rues étroites du cœur historique. Elle en était finalement venue au véritable objet de sa démarche. Les gosses vraiment perdus. Des gamins alcoolisés et drogués à quinze ans qui jetaient leur propre vie aux ordures. Et puis ceux qui mouraient. C'est là que le vase avait débordé.

– Je veux le dire. Qui l'a tué. Nicolas.

Treize ans. Le frère d'un type qui connaissait le dernier caïd en date. Lequel s'amusait à fourguer de la drogue gratis autour de lui. Pour appâter. L'ado en avait pris. Des doses coupées, des molécules artificielles. Coke, tout.

– Il a fait une overdose. Coma. Il n'est jamais revenu.

– Pourquoi moi ? avait demandé Alex.

– Je vous ai choisi parce que je vous ai observé au tribunal plusieurs fois. Je sais lire les gens, les âmes. Je sais que vous allez vous en occuper. Et je sais que je peux avoir confiance en vous. J'ai vu votre aura.

Elle était touchante, mais le truc de l'aura avait allumé une petite alerte dans la tête d'Alex. La jeune femme avait poursuivi.

– Je ne sais pas comment dire. Si je parle à un flic et que ça se sait, tout mon boulot tombe à l'eau. Ce serait facile si je pouvais décider de ne pas parler aux types qui touchent la drogue. Aux types qui la fourguent. Mais c'est pas ça, la vie. Bien sûr que je sais ce qu'ils font, que je connais les points de deal, que je les vois faire, que je vois les livraisons, les collecteurs de fonds. On vit côte à côte, presque ensemble. Et ça me dérange pas d'être obligée de composer avec eux. Je m'y étais habituée. Mais là, je ne peux plus. C'est plus la même chose. C'est comme de voir un type marcher dans la rue avec un fusil et tirer au hasard sur les passants.

Alex et elle s'étaient revus.

Ils avaient collaboré. Elle avait accepté de lui livrer des infos sur ce qu'elle voyait, de prendre des photos à la dérobée, de compléter les organigrammes qu'ils essayaient de constituer, de l'aider à comprendre qui parlait à qui et qui faisait quoi. Puis elle avait franchi le pas et décidé de répondre favorablement à sa demande de témoigner sous X dans un procès afin de conforter les accusations les plus graves. Elle avait ainsi permis que soit condamné un trafiquant qui régnait sur une partie du quartier où elle travaillait. Il était parti en prison sans savoir qui l'avait dénoncé. Conformément au dispositif créé pour répondre à la peur des témoins face aux représailles possibles, son identité n'apparaissait nulle part dans la procédure. Seulement dans un P-V conservé au plus grand secret dans un coffre. Le procès remontait à deux ans. Ils ne s'étaient plus revus. Jusqu'à ce qu'elle reprenne contact, quelques mois plus tôt.

Il avait tout de suite constaté qu'elle avait changé. Sa voix, son attitude, des cernes qu'il ne lui connaissait pas et la rendaient en apparence plus vulnérable encore, tout témoignait d'une souffrance nouvelle. La révolte avait fait place en elle à une forme d'énergie du désespoir. Ils avaient parlé de nouveau. Et ils avaient replongé dans un nouveau combat bien plus risqué encore. Et maintenant elle était probablement morte. Il refusait de penser la phrase suivante.

Elle était morte à cause de lui, enfin de ce lien particulier qui unit les policiers à leurs informateurs.

Il tapa des deux poings sur son volant, déclenchant le klaxon et effrayant la voiture qu'il doublait.

Quelle histoire de merde.

Quelle journée de merde.

Son téléphone sonna alors qu'il approchait de Binic, le ramenant à la réalité. Il décrocha, et la conversation bascula sur le haut-parleur de la voiture.

– Alex, c'est Romain.

Des images de plongée surgirent aussitôt dans son esprit. Romain n'était pas un professionnel mais quasi. Un excellent plongeur et un bon camarade avec qui Alex aimait bien boire une bière et débriefer la sortie après une après-midi en mer. Le reste du temps, il enseignait l'éducation physique dans un lycée de Saint-Brieuc.

La voix de son ami était stressée, ce n'était pas son genre.

– Salut, Romain, ça va ?

– Écoute, franchement non. Je suis dans la merde. C'est un truc de dingue.

– Attends, attends, raconte. Qu'est-ce qui t'arrive ?

– Marco a disparu.

Alex écarquilla les yeux derrière son volant.

– Marco a quoi ?

– Disparu. En mer.

Alex n'en croyait pas ses oreilles. Les mots de Jean et la mention d'une opération de sauvetage nocturne lui revenaient en mémoire. Cette journée continuait à être cauchemardesque.

Marco. Pas un ami, à peine une connaissance, quelqu'un qu'il avait croisé sur les pontons, de loin en loin. Ancien militaire, lui aussi. Et un plongeur émérite qui avait dû arrêter, rattrapé par les risques du sport, après un accident de décompression. Mais qui accompagnait encore parfois des sorties, assurant la sécurité en surface. Dans les eaux du coin, par des coefficients de marées importants, avoir un pilote sur le bateau n'était pas un luxe. Et pour Marco, c'était une manière douce de continuer à vivre sa passion.

– On était en mer hier. Soir. Au large. Je te raconterai. On plongeait, il était pilote. Et quand on est remontés, plus personne. Il avait disparu.

– Tu plongeais de nuit, hier, toi ? C'est quoi ce bordel ? Je comprends rien de ce que tu dis.

Alex freina pour éviter une voiture qui changeait de file sans regarder dans son rétroviseur, klaxonna et reçut en retour une bordée d'injures. Il pensa que ce mec-là s'en sortait bien, mais il n'avait vraiment pas le temps. Le trafic s'intensifiait déjà dans les deux sens sur la départementale qui menait à Saint-Brieuc.

– Tu m'écoutes ? reprit Romain.

Le policier fit un effort pour ne pas répondre trop sèchement. Après tout, Romain n'y était pour rien si son sac du jour était déjà bien plein. Ne pas se laisser atteindre par les nouvelles et l'accumulation des sujets. Nolwenn d'abord. Il voyait le sang, la chair morte, le cadavre. Et cette affaire était la sienne, officiellement ou non, peu importe.

Il fallait d'abord gérer son rendez-vous avec le magistrat. Ensuite, il serait temps de rouvrir la case et le dossier Marco. Entre-temps, il ne pouvait rien faire d'utile. Les seuls qui pouvaient aider Marco, c'étaient les sauveteurs qui survolaient la mer. La règle froide et dure de la hiérarchie des priorités.

Des images de guerre lui revenaient en mémoire, dont il ne voulait pas qu'elles prennent trop de place. Pas de temps pour ça non plus pour l'instant. Les images des opérations en Afrique, venant au secours de l'équipage d'un véhicule blindé soufflé par une explosion, il avait appris les règles du jeu.

– Lâche-le.

La voix grave et mesurée de l'adjudant qui lui avait intimé de cesser de s'occuper du blessé le plus grave et qu'on ne pouvait sauver. Pour se concentrer sur l'autre qui avait une petite chance.

Sous le choc, l'incapacité à réagir assez vite.

– Bouge !

La voix plus forte et une bourrade à l'épaule.

Les yeux dans le vague du type mourant.

Il avait couru vers l'autre.

Il fit refluer les images, les odeurs, poussière, cordite et sang. Les bruits et les hurlements.

Cloisonner.

La voix de Romain.

– Ouais, ouais, mais c'est le bordel. J'ai un homicide sur les bras, un truc vraiment pourri alors je ne peux pas te parler longtemps. Tu plongeais avec qui d'abord ?

– Un Italien, un copain, je t'expliquerai.

Alex pensa que son ami commençait à le fatiguer avec ces codes du genre « je ne parle pas au téléphone ».

– Mais les recherches sont en cours ?

– Je sais pas. Ils les ont déclenchées, mais ensuite toute l'armada est arrivée, ils nous ont embarqués, on s'est retrouvés sur la frégate devant chez toi, puis ils nous ont emmenés à la gendarmerie maritime. Garde à vue, tout le tintouin.

– Garde à vue ?

– Ouais, on était dans le périmètre interdit des éoliennes...

De mieux en mieux, pensa Alex.

Depuis quatre ans qu'il avait rencontré Romain et toute la bande dans le milieu des clubs de plongée, ils avaient partagé des après-midi de sport et de franche rigolade. Pourtant, il y avait toujours un moment où il sentait que son statut de flic instituait entre eux une forme de distance. C'était des gens qui ne rechignaient pas de loin en loin à franchir des lignes jaunes. Il y avait chez eux une dimension d'insouciance ou d'impunité quasi infantile qui ne laissait pas de fasciner Alex.

– Et ils t'ont relâché ?

– Oui, il y a trente minutes. Mais sans rien me dire sur Marco. Donc voilà, qu'est-ce que je dois faire ? C'est ta partie ça. Et putain, Marco...

Il pleurait presque à présent. Le stress, songea Alex. On a beau avoir passé quelques années dans les paras, la garde à vue et un pote disparu en mer, ça ne laisse pas intact. Il sentait lui-même une forme d'émotion s'insinuer en lui. Un sentiment qu'il connaissait bien et que suscitait chez lui toute forme d'injustice. Qu'il connaisse ou non les gens concernés. Pas mon ami, pas mon frère mais un être humain. Le mantra de Harry Bosch, le héros des romans de Michael Connelly, lui revenait en mémoire : « Tout le monde compte ou personne ne compte. »

Ne rien laisser paraître, pour autant. Parce que ça ne sert à rien.

– Écoute, Romain, je t'ai dit, là, je suis au feu, vraiment j'ai pas le temps. Je dois aller à Saint-Brieuc mais je m'arrête au retour, et on se retrouve à Binic. Le bistrot que tu veux. Et on se pose cinq minutes. Dix-neuf heures. Si je suis en retard, je te dis. OK ? Envoie-moi le lieu par SMS.

– OK, Alex. Merci.

Il coupa la communication. Respira profondément. Et se répéta intérieurement la consigne qu'il lui fallait s'imposer. La seule chose à faire : placer ce sujet entre parenthèses le temps de son rendez-vous avec Lelièvre, selon sa méthode d'hygiène personnelle dite des portes étanches. Prioriser et ne traiter que ce que l'on est capable de traiter. Ne pas laisser la marée monter.

Puis il freina d'un coup sec.

5

Devant lui, des feux rouges s'allumaient en cascade.

La circulation dense des sorties de bureau s'était soudain transformée en piège sur le viaduc à l'entrée de la ville, à cause d'un banal accrochage. Alex alluma le gyrophare et le deux-tons posés sur la planche de bord de sa Peugeot. Arriver en retard chez le procureur n'était pas une option recevable. Les voitures s'écartaient tant bien que mal, leurs conducteurs frustrés lui jetant des regards mauvais tandis qu'il passait devant eux. Il sortit cent mètres plus loin, éteignit son dispositif d'urgence et accéléra. Quelques minutes plus tard, il débouchait sur la place où trônait le palais de justice de Saint-Brieuc, construction monumentale de pierre grise du XIXe siècle, installée au milieu d'un parc peuplé d'essences rares.

Il se gara à la va-vite sur un emplacement qui n'existait pas et courut vers le perron du bâtiment. Quelques personnes masquées faisaient la queue devant le portique de sécurité. En les dépassant sans s'arrêter, Alex pensa qu'elles avaient la mine inquiète des victimes. Il salua d'un geste de la main les gendarmes qui assuraient le contrôle de leur guérite vitrée et, tout en ajustant son masque, tourna devant le grand escalier monumental pour gagner un petit couloir au fond duquel un autre escalier et un ascenseur étroits permettaient d'accéder aux étages.

Il grimpa les marches quatre à quatre, dépassant le premier niveau réservé aux juges d'instruction pour gagner le second, celui du parquet où travaillaient le procureur et ses adjoints. Il s'arrêta devant la porte fermée sur le chambranle de laquelle une petite plaque indiquait sobrement le nom d'Éric Lelièvre, substitut du procureur, prit le temps de respirer et frappa deux coups secs. La voix grave de Lelièvre l'invita à entrer.

Dans l'échelle des magistrats propre à Alex, Lelièvre entrait dans la catégorie des miracles. Il était l'un de ces juges qui non seulement ne se méfiaient pas de leurs enquêteurs mais n'avaient pas peur non plus de prendre des risques lorsqu'une affaire le réclamait. Pragmatique. Raide et parfois glacial. Bourru. Mais redoutablement efficace. Avec une mentalité à l'ancienne semblable à son physique.

Lelièvre leva les yeux par-dessus l'écran de son ordinateur, fit signe à Alex de s'asseoir et souffla longuement d'une expiration de fumeur tout en se reculant sur son siège. La fenêtre lumineuse du bureau à laquelle le magistrat tournait le dos s'ouvrait sur le parc. Elle ne suffisait pas à corriger le sentiment oppressant que l'on éprouvait ici, assis au milieu des piles de dossiers enserrés dans de gros élastiques qui trônaient partout où existait un semblant de place. Alex songea que c'était peut-être justement l'effet recherché. Lelièvre reprit sa position initiale, déplaça l'ordinateur en repoussant un peu plus une pile de dossiers dont l'équilibre était déjà précaire, croisa ses deux grosses mains aux doigts courts et planta ses yeux dans ceux d'Alex.

– Vous vouliez donc me voir, commandant ? J'espère que c'est vraiment important, j'ai beaucoup de choses à faire, et l'histoire de ce matin ne me simplifie pas la vie.

Entre les lignes, Alex entendit « ne venez pas m'apporter d'emmerdements supplémentaires ». Il tourna sa première phrase une seconde dans sa tête puis se lança.

– Oui, monsieur le procureur. J'imagine qu'on va saisir la brigade de recherches de la gendarmerie, dans un premier temps du moins.

Lelièvre le regardait sans répondre. Il enchaîna.

– J'aurais besoin d'être en capacité de suivre l'enquête.

– Je vous demande pardon ?

– Est-ce qu'une cosaisine serait possible ? Et vous pourriez peut-être en parler au juge d'instruction qui va reprendre le dossier dès qu'une information judiciaire aura été ouverte.

– Une cosaisine du groupe Stups de la police pour une enquête de la gendarmerie sur un meurtre ?

Lelièvre le regardait à présent d'un air beaucoup moins bienveillant. Le ton avec lequel il avait prononcé sa phrase, comme s'il disait quelque chose de grossier ou de dégradant, était assez explicite.

– Vous avez pris un coup sur la tête, commandant ? Ou vous m'en voulez ? La guerre des polices, c'est pas trop mon rayon. Bref, il va falloir que vous commenciez par m'en dire beaucoup plus.

– Je comprends, monsieur le procureur.

Alex respira un grand coup.

– Je n'étais pas au port par hasard ce matin. J'ai été prévenu via le service de surveillance des communications des voitures. Averti du prénom de la victime, enfin, en tout cas, des papiers trouvés sur les lieux...

– Vous me l'avez déjà dit ça. Et donc ?

– Je connaissais la victime, monsieur le procureur. Nolwenn Hubert. Elle a témoigné sous X en tant que témoin protégé pour nous dans une affaire de stups il y a deux ans. Vous devez avoir le P-V non noirci quelque part dans votre coffre. Elle m'a recontacté il y a quelques mois. Elle avait de nouvelles infos. Plus graves. Avec son témoignage d'il y a deux ans, elle avait espéré que les choses s'arrangent dans le quartier où elle était éducatrice. Mais, bien sûr, ça ne s'était pas passé comme ça. Ça avait continué et même pire. Alors, elle est revenue vers moi. Elle voulait passer à la vitesse supérieure. Elle était prête à se mettre en danger, à essayer de les infiltrer, de jouer leur jeu, tout en bossant pour nous. J'ai avancé doucement parce qu'elle était fragile, je le voyais bien. Mais sa fragilité, c'était le moteur de sa détermination. Elle voulait balancer un dossier vraiment lourd. Elle avait apparemment de quoi faire tomber des décideurs, s'attaquer au système, pas seulement aux exécutants. Elle avait identifié un nouveau caïd du coin, disait être toute proche d'identifier de vrais donneurs d'ordres derrière lui. Du très lourd. En tout cas, c'est ce qu'elle visait. On était selon elle tout près d'un très gros truc.

Lelièvre le regardait fixement.

– Gros comment ?

– Comme un trafic de drogue international. Elle m'a fourni des numéros de téléphone, des noms. Elle devait m'en fournir d'autres dans les prochains jours. Elle était surexcitée, parlait de gens venus du Moyen-Orient, de connexions terroristes.

– Et vous en avez parlé à qui de cette informatrice ?

Alex savait que ça allait glisser là-dessus. Il avait poursuivi les contacts avec Nolwenn pour la bonne cause, mais dans une vision assez élastique de la nécessité de rendre compte. Une enquête en gris, comme on disait. Menée en parallèle des enquêtes officielles dont il s'occupait. En enquêtant sur la base de renseignements recueillis « anonymement » via des lettres opportunément laissées sous le pare-brise de sa propre voiture. À l'ancienne.

– À personne au Palais, monsieur le procureur.
– Et hors du Palais ?
– À ma hiérarchie. Il y a deux ans, elle avait témoigné sous X, mais là pour mener l'enquête j'avais besoin d'une collaboration au long cours. Alors j'ai fait un dossier de source, un dossier nouvelle formule, *by the book*, pour l'inscrire au fichier de la direction centrale à Paris. Nolwenn Hubert a été évaluée comme la procédure le prévoit. Et puis je n'ai pas eu le feu vert.

En disant ces mots, Alex ressentait encore, malgré le temps passé, la frustration qu'il avait éprouvée lorsqu'il avait dû expliquer à Nolwenn qu'il ne pourrait la protéger comme une source officielle. Il avait pourtant scrupuleusement suivi la procédure mise en place en 2004 pour en finir avec les situations troubles des anciens indics, les « Tontons », ces malfrats recrutés officieusement comme sources, que l'on rémunérait en échange tout en couvrant un certain nombre de leurs turpitudes. Trop de risques de dérapages. Trop de dérapages avérés. Aucune capacité de contrôle. Depuis, tout était centralisé dans un fichier unique au Bureau central des sources à la direction centrale de la Police judiciaire à Paris. Un guichet unique très réglementé, avec des procédures multiples. Une formation obligatoire de plusieurs jours pour être habilité à gérer des sources. Aucune rencontre en tête à tête, toujours deux personnes. Des évaluations régulières de la fiabilité de la source, mais aussi des infos délivrées et promises.

– Mais vous avez continué à lui parler. À recueillir des informations.
– Exact, monsieur le procureur.

La limite du système : mettre un cadre très précis en place pour remédier à une situation malsaine d'absence de règles, et si le cadre est trop rigide, il devient paralysant pour les opérationnels et génère très vite de lui-même des comportements marginaux. Règle darwinienne de base de toutes les polices du monde, songea Alex. Ça n'avait d'ailleurs pas été facile à gérer. Il avait fallu rassurer Nolwenn, en expliquant qu'ils allaient opérer différemment. Mais la rage qui habitait la jeune femme était telle, irrépressible, si forte qu'elle lui permettait d'affronter tous les risques pour abattre ce mal qu'elle avait supporté si longtemps jusqu'à ce que l'accumulation fasse déborder le vase.

– Et vous vous dites que tout cela est peut-être lié ?

– Ce n'est pas exactement un accident de la route.

Lelièvre leva un sourcil. Les remarques ironiques d'Alex lui faisaient toujours cet effet, le flic le savait. Mais il ne pouvait pas s'en empêcher.

– Bordel, non, tonna le procureur. C'est une exécution. Et une moche. La pauvre fille a été torturée de vilaine manière.

Le frisson parcourut de nouveau le dos d'Alex. Il se demanda si le type qui avait fait ça avait trouvé le téléphone réservé à leurs échanges qu'il avait donné à Nolwenn et lu ses messages à lui.

– Ce n'est peut-être pas lié, mais ça pourrait être l'hypothèse principale, avança Alex.

Lelièvre soupira encore. Se retourna pour ouvrir la fenêtre puis lui fit face de nouveau, un paquet de cigarettes apparu dans sa main comme dans celle d'un prestidigitateur.

– Ça ne vous gêne pas ? Vous en voulez une ?

– Ça ne me gêne pas, mais non merci, monsieur le procureur.

Le tabac, le Covid, le masque, tout cela ne semblait pas avoir prise sur le magistrat. Une autre époque. Un dinosaure, disaient pas mal de gens au Palais.

Lelièvre alluma sa cigarette et savoura la première bouffée.

Alex s'amusait qu'un type capable de suivre les enquêtes selon les méthodes les plus pointues et sur les sujets les plus créatifs que le banditisme pouvait inventer, notamment en matière de stupéfiants, offre de lui-même une image aussi archaïque. Un petit côté Lino Ventura.

Pour ce qui était de la cigarette en tout cas, il voulait y voir dans l'instant un signe favorable.

– Vous savez quoi, commandant ? Je ne vais évidemment pas vous saisir, vous cosaisir ou n'importe quoi d'autre. Mais je vais parler à l'adjudant Nuzac, qui est en charge de l'enquête. Et lui dire que vous allez passer le voir. Pour qu'il vous briefe et que vous lui donniez – le magistrat insistait sur toutes les syllabes – toutes les infos que vous avez. Je suis clair, commandant ? Je ne veux pas d'agitation, pas de compétition, de la collaboration ouverte. Et pas de jeu caché. Clair ?

– Très clair, monsieur le procureur.

– La connerie, bien sûr, c'est d'avoir continué à l'ancienne parce que les procédures en place, lourdes, je vous l'accorde, ne vous permettaient pas de faire ce que vous souhaitiez. Maintenant, essayons de ne pas étaler la tache.

– Et de trouver l'assassin.

– Cela va sans dire, commandant.

Alex se levait pour partir quand le procureur lui fit signe qu'il n'avait pas fini.

– Une chose encore, commandant, ces infos que la victime donnait ou voulait donner. Elles menaient à qui ?

Alex se rassit.

– Le dossier Winamax, monsieur le procureur, ça vous dit quelque chose ?

Lelièvre tira sur sa cigarette.

– Rafraîchissez-moi la mémoire.

– Une légende urbaine locale. Un dealer qui se serait fait appeler comme ça parce qu'il aurait balancé un petit gamin, guetteur qui faisait mal son boulot, depuis le troisième étage d'une tour, en le tenant au-dessus de sa tête exactement comme le colosse dans la pub célèbre et controversée de l'opérateur de paris sportifs. D'où le surnom…

Si l'on en croyait son sourcil levé, Lelièvre ne connaissait pas cette publicité.

– Bref, poursuivit Alex. On n'a jamais su si c'était vrai. De ces histoires qui se colportent, déformées. Mais selon Nolwenn, Winamax détient un gros morceau du trafic. Un type très discret. Très malin. Assez pour ne pas tomber comme les petits caïds de base. Qui a grandi doucement sous le radar, sans qu'on le voie monter. Nolwenn, elle l'avait identifié. Elle avait compris qui il était et qui il était devenu. Elle avait saisi son ambition et, en le surveillant, discrètement, elle avait reconstruit peu à peu la toile qu'il avait tissée, jusqu'à des contacts internationaux directs. Elle avait saisi aussi sa dangerosité particulière. Au début, il traînait juste au bord des terrains où les gamins jouaient, dans les salles ou les caves où ils faisaient de la musique. Il jouait les grands frères. C'est comme cela qu'elle l'a rencontré. Enfin vu, parce qu'il ne parlait pas. Il était juste là. Ils ont échangé quelques mots à deux ou trois reprises maximum.

Les mots de Nolwenn lui revenaient en mémoire à mesure qu'il parlait. Quand elle avait repris contact. Il revoyait ses yeux terrifiés.

« C'est un serpent, Alex, la manière dont il te regarde, tu ne peux pas imaginer. Et cette voix glaciale. Il émane de lui une aura sombre, quelque chose que je n'ai jamais vu, un mélange de calcul froid et de brutalité irrationnelle. »

– Il essayait de savoir quelle influence elle avait sur certains jeunes qui l'intéressaient. Puis il a recruté des gens dans le quartier. Elle, non, il n'a pas vraiment essayé de l'enrôler, mais il voulait probablement s'assurer d'une sorte de neutralité, qu'elle ne s'occupe pas de ce qu'il faisait. Et surtout qu'elle ne s'inquiète pas au point de signaler aux autorités les comportements nouveaux qu'elle observait chez les jeunes qu'elle suivait. Un jour, elle est tombée sur lui en cherchant un jeune qui n'était pas venu à un rendez-vous. Ils étaient tous les deux dans une voiture, sur un parking. Elle les avait vus et était venue vers eux. Elle avait remarqué leur nervosité. Le jeune était le plus agressif. Ils voulaient qu'elle parte. Ils l'avaient insultée. Elle s'était enfuie. Le jeune avait plongé peu à peu, délaissant ses amis, sa famille. Il avait rejoint le premier cercle qui tournait autour de ce type. C'est là qu'elle a commencé à chercher à collecter des informations. C'est incroyable tout ce que peut voir quelqu'un d'invisible comme un travailleur social. En silence, s'il observe, c'est une mine d'or. Elle faisait parler les jeunes qu'elle voyait, habilement. Elle recoupait les informations. Elle regardait tout, notait tout. Édifiant.

Lelièvre l'observait avec intérêt.

– Ce type est un vrai givré. Né ici, un détour par la région parisienne et peut-être l'étranger, mais ça, on ne le sait pas de source sûre. Revenu sans bruit ni éclats pour se construire un royaume. Il n'y a pas que les cadres qui rêvent de vivre en province. Les trafiquants de drogue aussi ont compris l'intérêt du développement du business dans les villes moyennes. Ceux qui arrivent à assurer l'approvisionnement ici depuis Paris ou Brest et à ne pas rester des sous-traitants peuvent se tailler des empires très rentables. Très intelligent avec ça. Son vrai nom, c'est Alan Kerdec, monsieur le procureur.

6

Alex regardait Romain. Bras croisés, le regard fixé sur sa bière qu'il n'avait pas touchée, son ami était méconnaissable. Il avait les yeux rouges et cernés de quelqu'un qui n'avait pas dormi, une barbe naissante et des cheveux en bataille. Son visage mince qui lui donnait d'habitude un air juvénile et joyeux paraissait maintenant maigre et triste.

Ils étaient assis sur une banquette de skaï bordeaux dont le propriétaire de la brasserie devait penser qu'elle faisait Amérique des années 1950. Du comptoir au juke-box, tout était à l'avenant dans ce bar surchauffé et bruyant. Très loin des normes Covid, mais celles-ci évoluaient sans cesse et les habitués ne semblaient guère concernés par les affichettes sur les portes et au-dessus du bar. Même la table à l'écart où ils s'étaient installés n'offrait qu'une intimité relative.

Alex s'efforçait de se concentrer sur ce que lui racontait Romain. Il ressentait l'effet de la fatigue et du stress. Compartimenter les sujets. Encore et encore. Ne pas laisser les problèmes se coaguler et prendre en masse. À présent, c'est Nolwenn qu'il devait laisser de côté.

– Tu comprends, poursuivait Romain, ça fait des mois qu'on se dit que ce serait marrant d'aller voir ce que ces cinglés des éoliennes font là-bas comme trous. Et là, on m'a proposé d'y descendre sur un tuyau top, le GPS exact des trous.

– C'est Marco qui a organisé ?

– Oui, enfin, c'est lui qui a eu l'info par Andrea. Et il est proche de Greenpeace aussi, tu sais.

– D'où l'Italien.

– Oui.

– Il est où lui, d'ailleurs ?

– Toujours en garde à vue, je crois. Les Affaires maritimes vérifient qui il est. Moi, c'est plus simple, les mecs me connaissent.

– Forcément, à force de te faire choper pour du braconnage…

– Ta gueule, Alex, s'il te plaît, pas aujourd'hui. Je comprends pas ce qui s'est passé pour Marco, je sais même pas s'ils le cherchent.

– Je vais me renseigner. On va pas le laisser tomber. Je te le promets.

Romain devint plus pâle encore. Il essayait de se raccrocher au regard du flic.

– Fais-moi confiance.

Alex pensa qu'il allait appeler Nuzac pour avoir plus d'infos. Ça tombait bien, il fallait qu'il lui parle, de toute façon. Même si la situation de Marco était quasi désespérée.

Il respira profondément.

Ne pas lâcher. Même et surtout quand les situations apparaissent sans issue, même pour quelqu'un qu'on connaît à peine. Chercher à comprendre, fouiller les détails… N'importe quoi à la recherche d'un truc qui pourrait être utile.

– Ils t'ont interrogé sur quoi en gardav ?

– L'opération, le montage, ce qu'on avait vu.

– Les films, ils les ont pris ?

Romain eut un pauvre sourire.

– Ceux de l'Italien, oui. Mais pas les miens. Je les avais planqués.

Il se pencha pour attraper son sac à dos, fourragea dedans puis tendit la main sous la table vers Alex.

– Tiens, ils sont là. Prends-les, s'il te plaît. Je préfère.

Alex soupira.

– Tu fais chier vraiment.

Il attrapa le paquet contenant la Go Pro et l'empocha.

Pour une fois, ça l'arrangeait bien, le Romain, que son pote soit flic. La même histoire. Officiellement, lui comme Marco n'aimaient pas la police. Il avait pourtant essayé des dizaines de fois de bénéficier indirectement de son statut en lui soutirant des infos pour des histoires de braco à deux balles, de planning des Affaires maritimes…

La dernière fois, il s'en souvenait, il faisait chaud et le ciel était d'un bleu éclatant. C'était une matinée de juin, Romain et lui étaient sortis en mer, tôt le matin, pour plonger sur le tombant du phare du Grand Léjon. Trente mètres d'à pic, deux épaves, de la vie sous-marine en pagaille… Et après la remontée, une fois changés et le matériel rangé, ses amis avaient lancé la conversation sur les mêmes conneries.

– Mais toi, tu pourrais savoir quand ils sortent, les keufs !

Alex s'énervait, tant pour de vrai que pour le spectacle.

– Mais vous déconnez, les mecs. Vous êtes vraiment des pieds nickelés. Je me fous de ce que vous faites, mais me demandez pas de vous faire la courte échelle, bordel ! Je suis flic, je m'appelle pas Belmondo, je joue pas une mi-temps dans chaque camp, même si vous me faites marrer.

Il y en avait toujours un pour pousser le bouchon.

– Mais vous, vous faites tout le temps des trucs en marge des règlements !

– Oui, mon grand, mais nous, c'est pour la bonne cause, tu vois. On adapte la règle pour arriver au bon objectif :

arrêter les méchants. Vous, ce que vous demandez, c'est de changer la règle juste parce que vous n'avez pas envie d'y obéir. Ou de trouver un raccourci. C'est pas vraiment la même chose. Tu captes la nuance ?

Et ainsi de suite à l'infini.

La voix de Romain le ramena à l'instant présent.

– Alex, qu'est-ce qu'on peut faire ?

– Toi, rien. Tu te reposes. Tu ne t'agites pas. Je me renseigne, je vais essayer de sonder les enquêteurs. Je vais même mettre une petite surveillance avec une caméra devant la maison de Marco pour la sécuriser, et je reprends contact avec toi dès que j'ai du neuf.

Dans les yeux de son camarade de plongée, il vit que Romain n'attendait bien sûr pas d'autre réponse.

7

Il était plus de vingt heures trente quand Alex arriva chez lui. Il fit le tour de la maison pour ranger son arme mais garda son téléphone avec lui. Quand il remonta, il trouva sa femme en train de lire dans le salon. Elle lui sourit. Il s'assit et lui sourit en retour. Elle tendit la main pour lui caresser la tête.

– Plus grosse journée que tu ne le pensais ?

– Bien pire que ça encore. Une horrible journée.

– Alors sers-moi un verre. Le dîner est au chaud. Les enfants au lit. Raconte-moi.

La nuit était illuminée d'étoiles dans un ciel nettoyé par le vent d'ouest. Alex et Mairead étaient assis face à la mer, attablés côte à côte à l'îlot de leur cuisine, un verre à la main.

– Cette femme, cette Nolwenn, elle t'avait dit ce dont il s'agissait ?

– Pas précisément. Elle m'avait donné des morceaux du paysage, mais pas dans le détail. Elle était inquiète. J'ai voulu le jouer conformément aux règles et la déclarer comme source. Les entretiens se sont mal passés. Elle a été déçue. Elle ne faisait pas ça pour de l'argent. Et elle ne comprenait pas pourquoi on ne la jugeait pas fiable de devenir une source, d'aider.

– Et ce type ?

Alex but une gorgée. Il baissa les yeux.

– C'est ça le sujet. Elle était convaincue que ce dealer local était en train de prendre une autre dimension, qu'il voulait donner une autre ampleur à son business de drogue et qu'il en avait à présent la capacité technologique, financière ou industrielle, ou les trois à la fois. Le monde serait de toute évidence meilleur sans ces gens-là. Je vois déjà ce que dira son avocat. Il est né dans un des villages les plus isolés de la Bretagne profonde. À côté, le Cantal n'est pas enclavé du tout. Il n'y a rien. Tu nais dans ce trou et tu y restes. Si tu as de la chance et une famille pas trop con, ils te sortent de là avec le peu d'argent qu'ils trouvent et t'exfiltrent à Saint-Brieuc, ensuite à Rennes. Là, tu peux te sauver. Au final, l'immense majorité s'en sort quand même. Mais les quelques autres… À quinze ans, ils se mettent à boire. À se droguer. Je te parle pas de ce que tu as vécu à cet âge-là si ta structure familiale de base n'est pas stable… Il aura en partie raison, l'avocat. Sauf que des tas de mecs nés là-bas sont peut-être pas grand-chose mais pas grand-chose version honnête. Lui, c'est un cas différent. Ça fait des mois que ce type grandit dans l'anarchie totale. Sous le radar. Avant qu'elle ne le signale, on ne le voyait pas comme un danger particulier. Une grande gueule et un petit voyou revenu au pays après quelques années loin d'ici. Et puis il est passé à la vitesse supérieure. Il s'intéresse à tout, il a des billes dans plein de trafics différents. Pourtant son nom n'apparaît presque nulle part. Plus le temps passe, plus il devient dangereux et moins il est visible. Un vrai caméléon. Son truc de base, c'est la dope, mais, apparemment, rien ne le limite : prostitution, trafic humain, armes. Et il est d'une prudence méthodique. Il cloisonne tout, met des pare-feu partout. Nolwenn m'avait donné des pièces du puzzle, mais pas encore de quoi le faire tomber à coup sûr. On avait commencé à identifier des membres du réseau, des lieux, à taper quelques opérations pour les perturber. Mais je n'avais rien sur la tête du réseau encore, sur les sources d'approvisionnement de Kerdec, rien qui permette de le faire tomber lui. C'était cela le cœur du sujet : comment ce mec avait trouvé les sources d'appro pour passer à la vitesse supérieure tout en restant si peu visible. C'est cela que devait me donner Nolwenn. Elle était convaincue qu'il avait des liens directs avec des réseaux du Proche-Orient et d'Amérique du Sud. Elle devait me fournir des noms et des lieux, me dire où se trouvaient ses outils logistiques, son labo, son entrepôt, et aussi comment il convoyait la drogue. Elle m'avait dit que c'était une question de jours, m'avait parlé de téléphones qu'elle avait copiés en profitant de la confiance des jeunes pendant des activités de loisir. Les ados mouillés là-dedans sont des enfants soldats. Ils sont capables de passer une après-midi à jouer au foot ou au basket avec leurs potes et de convoyer de la drogue la nuit. Et tous ne sont pas aussi prudents que les trafiquants pour gérer les infos et les communications. Il ne me manquait que ces éléments pour l'impliquer et peut-être, en même temps, faire tomber tout le réseau. Pas seulement un dealer mais toute la chaîne. Elle m'avait dit être sur le point d'avoir ces informations. Pour moi, c'était crucial.

– Tu me fais peur, tu sais. On dirait que c'est le diable dont tu parles. Et le diable, c'est pas un truc avec lequel il faut rire. Chez nous, il y a des landes où on ne passe pas. Des chemins où des vallées maléfiques sont hantées par le Mal. Ça existe, Alex.

Chez elle, en Écosse. Mairead avait accepté pour lui, parce que son travail était en France, de vivre loin de son pays et de sa famille. Pour lui, c'était plus simple, car sa propre famille n'existait quasiment plus. Cela avait renforcé leur cellule autonome. Il en avait tiré l'équation Dumas : Mairead + Alex + Sean + Iona + déménagement dans une région où il n'avait aucune attache + maison sur l'eau = sensation délicieuse d'autosuffisance et de quasi-invulnérabilité. Une bulle d'équilibre.

Il attrapa sa main.

– Arrête, mon amour. Ne t'inquiète pas. Ce soir, je suis sous le choc, parce que Nolwenn est morte, que cette histoire m'occupe depuis des mois, que c'est important pour moi et pour le boulot, mais je te promets que je vais régler ce truc et pas le laisser me bouffer. Je vais choper ce connard. Le gendarme en charge de l'enquête m'a laissé un message. Je le vois demain matin.

Il tendit le bras pour attraper la bouteille de chinon et la resservir.

Mairead le regardait à présent avec un regard inquiet et protecteur.

– Je ne veux pas que tu te fasses mal à nouveau. Ce qui est arrivé à Paris il y a cinq ans… Ces histoires d'indics, c'est toujours des trucs pourris.

Il secoua la tête. Mairead avait raison, ce qui s'était passé n'était jamais loin, malgré l'équilibre reconstruit. Il avait appris à vivre avec, mais la cicatrice était toujours là.

C'était après la naissance de Iona. Il était dans un groupe Stups, au 36 qui était encore quai des Orfèvres. Ils avaient monté une opération de grande ampleur sur la base d'infos de première main recueillies auprès d'un indic lui-même mouillé jusqu'au cou dans le trafic. Ferrand, le chef du groupement, un flic de la race des chasseurs, un fauve brutal qui ne supportait pas la contradiction, était obsédé par le succès de ce coup de filet. Il pensait faire la plus grosse saisie de cocaïne et de crack jamais réalisée en France. Et puis, quarante-huit heures avant le jour J, alors que l'indic n'avait pas encore donné les dernières infos qui allaient permettre de savoir où les convois allaient passer et quels seraient parmi les voitures les leurres et les vraies mules, un message était tombé sur la boucle du groupe. L'indic était en garde à vue pour viol et actes de barbarie. Il avait tapé dans son stock, et une soirée s'était mal finie. Le reste était flou, mais la fille était très claire dans son témoignage. Ferrand avait négocié avec les policiers en charge, avec la hiérarchie, avait lié le dossier au sien. Il avait tout fait pour que l'on gagne ces deux jours, qu'on laisse sortir le type en suspendant sa garde à vue. Il l'exigeait, faisait le beau, insultait tout le monde. Il proposait de temporiser et de remettre le couvert après. La vérité, c'est que le succès de sa saisie de drogue comptait bien davantage à ses yeux que le viol et le sort de la victime. Quant à l'indic, il en demandait plus encore, espérait une sorte d'impunité. Un vrai jeu de con. Alex n'en pouvait plus. Cette manière de faire passer l'ego de Ferrand avant la justice que réclamait un crime odieux le dégoûtait. Il ne pouvait plus se taire. Il avait dit qu'il était contre, qu'il fallait arrêter et que ça allait mal finir. Ils avaient assez d'infos pour lancer l'opération. Ce serait peut-être un succès moindre, mais c'était la meilleure solution. Il avait prononcé tout haut ce que d'autres pensaient tout bas. Peut-être un peu plus directement. Car lui avait assisté à l'audition de la fille et vu dans quel état elle se trouvait. Ferrand avait appliqué la vieille méthode du bouc émissaire et s'en était pris à lui. Insultes, escalade, jusqu'à l'échange de coups qui avait envoyé le chef de groupe à terre avec le nez cassé. Le groupe avait enterré ça. Ferrand, un pansement sur le nez, avait obtenu son sursis. Comment ? Alex, tenu à l'écart, ne l'avait pas su.

La garde à vue avait été levée. Et Alex avait été chargé d'escorter le type à sa sortie de la souricière, le légendaire quartier de détention situé sous le palais de justice. Ils avaient franchi la porte ensemble. L'indic souriait.

Il goûtait l'air frais devant la Seine. Il avait dit un truc du genre :

– Tu vois, petit keuf, je suis dehors. C'est qui celui qui a la main ?

Alex avait fait un pas en arrière et fermé les yeux une seconde pour ne pas défoncer ce connard. Il n'avait pas vu la silhouette qui attendait au coin du pâté de maisons, à l'angle de la place Dauphine. Une silhouette mince. Celle de la victime.

Le voyou avait allumé une cigarette.

Puis la jeune femme s'était approchée et, sans dire un mot, avait ouvert le feu.

Stupéfaits, les gardes en faction devant le Palais s'étaient retournés et avaient tiré à leur tour, à l'arme automatique. Arme en main, Alex avait vu la fille tomber juste après son bourreau. Deux morts sur le trottoir du 36. Comme dans un film.

Ensuite, l'opération avait eu lieu. Moins parfaite qu'imaginée.

Alex n'y avait pas participé et, le lendemain, il demandait sa mutation. Il l'avait obtenue et s'était retrouvé aux Stups toujours, mais dans le charme de la province maritime. Il avait seulement demandé ça : que ce soit près de la mer.

Il regarda sa femme droit dans les yeux.

– Cela n'a rien à voir. Je te le promets.

– Et tu feras attention à toi et à nous ? demanda-t-elle en le fixant plus intensément.

Elle désigna d'un geste tout ce qui les entourait.

– Et à tout ça, tout ce qu'on a construit.

Il la fixait à son tour. La malédiction de son boulot et le commandement numéro un du flic : ne pas laisser les affaires phagocyter ton cerveau au point de ne plus préserver de zone étanche personnelle protégée de toute la saleté, de toutes les horreurs et de toutes les choses non résolues qui peuplent la tête des enquêteurs. Hygiène de base.

– Je te le promets, répéta-t-il.

Elle se leva. Il ramassa les deux verres et les posa dans l'évier.

– Une petite chose encore pour boucler cette formidable journée, reprit-elle. Je ne t'en ai pas parlé, mais je peux pas le faire disparaître. Il y a un colis qui est arrivé pour toi. Un colis d'Italie. De ton père.

Alex sourit et leva les bras en signe d'impuissance.

– Il est dans l'entrée, mais tu verras demain, viens, on va se coucher, dit-elle en lui tendant la main.

8

Le lendemain matin, un vent léger soufflait du nord et la mer était d'un bleu profond, parsemé des traces du courant puissant qui avait pris trois heures plus tôt, déversant dans la baie les masses d'eau du large. Le soleil faisait scintiller les têtes de roche découvertes à marée basse et qui disparaissaient peu à peu dans le flot montant.

Alex posa sa tasse de café vide et traversa le rez-de-chaussée de la maison jusqu'à l'entrée. Mairead avait proposé aux enfants de les emmener à l'école en partant faire des courses. Ils avaient accepté avec des bravos. Resté seul, il s'était refait un café, tournant en rond autour de l'idée qu'il faudrait bien ouvrir le paquet arrivé la veille. Après tout, c'était banal. À intervalles réguliers, parfois sans raison mais aussi, par exemple, à la date de son propre anniversaire, son père lui adressait un paquet semblable à celui qui était sous ses yeux. Il s'en saisit. Le même papier épais et gaufré, la même écriture soigneuse, une encre toujours identique d'un bleu clair presque pâle. Et son nom : Alexandre Dumas, sans le titre de commandant qui le précédait pour la plupart des expéditeurs mais pas pour lui, Claude Dumas, qui n'avait eu aucun scrupule à donner en cadeau à son fils un nom aussi lourd qu'impossible à porter. Et en trouvant ça drôle de surcroît.

Il déchira le papier et découvrit sans surprise le tome IV de *La Comtesse de Charny*. Livre après livre, son père lui construisait dans une très belle édition classique l'intégrale des grandes œuvres de l'écrivain génial dont il n'avait pas eu peur de faire de son fils unique l'homonyme.

Le tome IV alla rejoindre ses camarades sur l'étagère où l'attendait sa place. Alex recula de quelques pas. Tout cela n'avait aucun sens. Depuis quand ne s'étaient-ils pas parlé ? Douze, treize ans ? Son père ne connaissait ni sa femme ni ses enfants ni rien de sa vie. Absent dans son enfance, plus encore après la mort de sa mère, alors qu'Alex n'avait que neuf ans, il avait profité de son succès de libraire spécialiste des éditions anciennes pour voyager avant de s'installer à temps plein en Italie, à Venise. Alex avait vécu la vie d'un pensionnaire d'institutions huppées, entrecoupée de séjours italiens surréalistes au milieu des fêtes et d'une légèreté qui l'asphyxiait. À seize ans, il avait cessé de venir. Son père lui avait dit qu'il vivait en Italie pour pouvoir transmettre son patrimoine sans droits de succession en raison d'une vieille convention bilatérale entre les deux pays jamais abolie. Alex avait répondu qu'il n'en avait rien à foutre et que c'était très con. Puis qu'il avait décidé de s'engager dans l'armée dès qu'il le pourrait. C'était une de leurs dernières conversations. Une des seules où la frustration et la colère alimentées depuis l'enfance avaient trouvé un petit espace pour s'exprimer. Ce qui n'avait rien changé. Alex s'était engagé en effet, puis cinq ans plus tard avait entamé le parcours pour devenir policier. Son père ne l'avait pas supporté. Être un flic lui paraissait l'ambition la plus terrible que l'on puisse avoir. Il détestait l'idée, sans jamais avoir été confronté à la mécanique de la justice ni à la violence des situations que les policiers connaissent au quotidien. Il détestait les flics par construction intellectuelle. Par confort idéologique. Comme il détestait le sport, la mer, l'excès. Une antithèse d'Alex. Avec son talent mélodramatique, Claude Dumas lui avait donc écrit en substance qu'il avait engendré un monstre. Mais il est vrai qu'il ne parlait jamais que de lui-même. Alex avait jeté la lettre par la fenêtre de la chambre de bonne où il vivait dans l'est de Paris. Il avait failli passer en même temps par la même fenêtre *Les Trois Mousquetaires* et *Le Vicomte de Bragelonne*. Les premiers livres de la série. Il ne l'avait pas fait. Sans savoir pourquoi. Pas plus qu'il ne savait pourquoi il continuait de ranger ces ouvrages.

Mais Alex n'avait jamais regretté son choix de devenir flic. Une vie réelle, âpre et utile contre une vie futile, artificielle et égoïste.

– Famille de merde, conclut-il entre ses dents.

Il n'avait pas que ça à faire. Et pas l'intention de se laisser polluer une seconde de plus que nécessaire.

Puis il descendit l'escalier qui menait au hangar à bateaux. Ses pas claquaient d'un éclat métallique sur les marches.

9

La traversée en bateau jusqu'à Saint-Brieuc avait été facile. Porté par le courant et le vent, Alex avait filé en un rien de temps à bon port.

Dans son esprit tournait la même question : l'assassinat de Nolwenn était-il la conséquence de ce qu'elle avait vu dans son travail ou était-il directement lié à ses conversations avec lui ? Et plus largement à sa collaboration avec les services de police et la justice ? Dans ce dernier cas, il n'y avait que deux possibilités : la première, il n'avait pas été assez vigilant, et quelqu'un les avait vus, mais il en doutait. Il utilisait un téléphone spécial, lui en avait fourni un à elle, ne la rencontrait qu'avec d'extrêmes précautions et jamais à proximité du quartier où elle résidait et travaillait… L'autre hypothèse était plus délicate : c'est que l'étanchéité n'était pas assurée dans les services, soit parce que le dossier source qu'il avait initié avait fuité, localement ou à Paris, soit parce que le P-V sous X dans lequel elle avait témoigné avait été consulté. Là, ça devenait carrément glissant. Alex n'arrivait pas à croire qu'il y ait une taupe interne, ni même un maladroit du genre qui picole trop ou fait des confidences sur l'oreiller. Mais les enjeux financiers du marché de la drogue étaient considérables à l'échelon d'un territoire comme ce département breton. Des enjeux capables de renverser les normes, de faire chavirer les têtes. De tuer et de faire tuer. La quasi-totalité des crimes et délits constatés l'étaient à cause de la consommation d'alcool ou de drogue et parfois des deux. Quand ils n'étaient pas directement liés au trafic qu'ils occasionnaient. Alors une taupe... Peut-être. Il n'avait même pas imaginé évoquer cette possibilité avec Lelièvre. Le procureur l'aurait encore regardé comme s'il avait perdu la tête. Une fois cela dit, la boucle n'en reprenait pas moins : soit l'assassinat était une coïncidence, soit quelqu'un, etc. Très inconfortable, surtout au moment d'aborder le service en charge de l'enquête.

Son bateau amarré à sa place, Alex était remonté à pied du port en continuant à ressasser la même idée et à réfléchir à qui interroger dans l'entourage de Nolwenn. Sans famille, solitaire, elle n'offrait pas beaucoup de prises. Il y avait les voisins, bien sûr, les collègues des associations et les autres travailleurs sociaux. Mais il était peu probable qu'elle leur ait livré des éléments dont il n'ait pas été informé. Ni qu'elle leur ait dévoilé l'enquête clandestine qu'elle menait pour son compte à lui. Il était clair à ses yeux que c'était dans les éléments qu'elle lui avait transmis, les pièces du puzzle, qu'il avait le plus de chances de trouver des choses.

Il venait d'arriver devant la caserne de gendarmerie située rue de la Gare. La SNCF séparait le commissariat de police et le groupement de gendarmerie, voisins de part et d'autre de son terminal. La caserne était un bâtiment sans âme, de bric et de broc, qui arborait fièrement sur de grands panneaux son élection au titre d'un énième grand plan de relance. En résultat, des containers en préfabriqué étaient posés un peu partout pendant que les locaux existants étaient en cours de réhabilitation. Tout contre les bureaux des différents services, surplombant le garage et les locaux de la gendarmerie scientifique, les immeubles de logements de la caserne semblaient surveiller l'ensemble, témoins d'une époque en voie de disparition où les militaires ne discutaient pas l'obligation de résidence sur les lieux. Aujourd'hui, celle-ci ne s'appliquait plus que dans le cadre des périodes d'astreinte, et beaucoup vivaient ailleurs, loin des charmes de la vie collective de casernement.

Alex s'identifia, et le grand portail métallique blanc glissa pour le laisser pénétrer dans la caserne. Parmi les voitures garées, il remarqua avec amusement une Audi RS3 noire aux vitres teintées qui avait tout d'une voiture confisquée à des délinquants. La gendarmerie et la police arrivaient plus aisément maintenant à se les faire attribuer localement. Ce qui avait des vertus à la fois pédagogiques vis-à-vis des voyous et très opérationnelles, en permettant de disposer de véhicules moins facilement repérables. Contournant le parking, il ajusta son masque avant d'entrer dans le couloir étroit du bâtiment de la section de recherche. L'adjudant Philippe Nuzac apparut au même moment sur sa droite, surgissant de son bureau, un mug à la main. Alex manqua de le percuter, stoppant net.

Athlétique, un visage juvénile, Nuzac avait le teint mat de son Sud-Ouest natal, des cheveux d'un noir de jais. Il parlait peu et avait la réputation d'aller droit au but et d'être aussi dur que fiable. Il ne portait pas l'uniforme, mais c'était un pur gendarme. Un militaire en civil.

– Salut, Nuzac, dit Alex, ne sachant s'il fallait tendre la main, le poing fermé ou rien du tout.

Nuzac tendit sa main ouverte et serra la sienne d'une poigne vigoureuse.

– Salut, Dumas, tu veux que je remette mon masque ?

– Laisse tomber, dit Alex en souriant tout en le suivant dans la salle de réunion située de l'autre côté du couloir, juste à côté des cellules de garde à vue.

– En forme ? Tu veux un café ? demanda le gendarme.

Alex accepta le café, plutôt satisfait de l'entame de la conversation. Nuzac le laissa seul un instant pour aller chercher des dosettes.

Tout en détaillant du regard le mobilier sommaire, chaises dépareillées, écran déroulable sur le tableau accroché près de la porte, il se dit que la salle était somme toute assez chaleureuse.

Dans le département, les rapports entre la gendarmerie et la police n'étaient pas mauvais, loin de là, mais les vieilles rivalités demeuraient. Les deux maisons suivaient davantage des routes parallèles que conjointes. Acceptant de collaborer en matière d'info parce que la vieille distinction de ressort territorial entre zones urbaines dévolues à la police et zones rurales au maillage des gendarmeries avait depuis longtemps cessé d'être pertinente. Mais sans en faire trop. Pour les policiers, les gendarmes et leur raideur militaire restaient des « Cruchot », allusion moqueuse au *Gendarme de Saint-Tropez*. Pour les gendarmes, les policiers peu regardants sur les procédures demeuraient des « Schtroumpfs » eu égard à la couleur bleue de leur uniforme.

Nuzac revint et déposa un mug aux armes du groupe Stups de la gendarmerie 22 devant Alex.

– Sucre ?

– Jamais, merci.

Le gendarme sucra le sien et plongea le nez dans son café en tournant lentement sa cuillère.

Alex décida de rompre le silence.

– Lelièvre t'a appelé, il t'a débriefé ?

Nuzac releva les yeux.

– Oui, enfin, tu connais Lelièvre : il m'a dit que tu avais des infos à me communiquer sur la fille qu'on a retrouvée. Que tu la connaissais. Que tu avais peut-être même une idée de piste.

Il ouvrit le cahier qu'il avait apporté sous le bras en revenant.

– Alors ? D'abord, tu l'as vue quand pour la dernière fois ?

Alex sourit.

– Tu veux pas me demander non plus où j'étais quand elle a été tuée ? D'ailleurs, elle a été tuée où, quand et comment ? On peut peut-être partir de là ? C'est ta saisine, non ?

Nuzac hocha la tête comme pour signifier qu'il aurait fait la même chose.

– Ça me va. On parle du crime, et, ensuite, tu me fais ton contexte.

Il poussa vers Alex une chemise beige.

– Ça, ce sont les photos de la scène de crime et les premières constatations. Je te préviens, c'est moche. Très très moche.

Alex récupéra les documents et commença à les feuilleter en écoutant son interlocuteur.

– Elle n'a pas seulement été assassinée. Il y a une trentaine de blessures par arme blanche avant celle qui a probablement été fatale à la gorge…

– Qui est le légiste ? interrompit Alex.

– Un médecin local qui a fait office après avoir repris ses esprits, il a failli tourner de l'œil quand on l'a amené sur les lieux. Tu sais que le légiste en titre est en arrêt. Et son binôme a démissionné de ses fonctions. La misère de la disparition des services publics en province, y a pas que les dentistes et les généralistes qui manquent… Bref, on bricole en attendant les résultats de l'autopsie qui sera faite à Brest. Le corps est en cours de transfert. D'ailleurs, on fera probablement une visio demain dans le bureau d'audition d'ici. Si tu veux te joindre, officieusement, tu es le bienvenu.

Alex remercia et nota le rendez-vous. Au moins, ça allait vite et, même si l'accent mis sur le officieusement soulignait assez qu'il ne faisait pas partie de l'enquête, Nuzac faisait une vraie ouverture en le conviant.

– En l'état, ce qu'on sait, c'est qu'elle a été tuée dans la nuit, après minuit et avant deux heures. Qu'elle a été torturée avant, pour lui faire dire des trucs ou juste par sadisme, ça, on n'en sait rien, mais on va en reparler.

Les photos étaient atroces. Nolwenn était presque méconnaissable, ses habits déchirés, maculés de sang, son corps à demi dévêtu, couvert de lacérations et de blessures. Alex referma le dossier et se recula sur son siège. On ne s'habitue jamais vraiment à la pure expression de l'horreur. Il entendait la voix de la jeune femme dans sa tête. Leur dernière conversation. Elle avait employé cette expression : « l'extension du domaine de l'horreur ». Il se reconcentra sur Nuzac.

– Ensuite, le corps a été transporté au port. Elle n'a pas été tuée sur place. Les mecs qui ont fait ça sont des pros. Ils l'ont mise sur le pont d'un chalutier, le *Pont-Aven*. Me demande pas pourquoi il s'appelle comme ça, c'est vraiment bizarre pour un bateau d'ici, mais on s'en fout. C'est un marin venu préparer le bateau qui l'a trouvée. Le mec est en état de choc. Les marins-pêcheurs sont pas des sensibles, mais visiblement là, ça dépassait ses limites. Il est en observation, on doit l'entendre demain ou après-demain mais sans en attendre grand-chose. Idem pour l'armateur et tous ceux du ponton.

– Tu as saisi les enregistrements des caméras ?

– Bien sûr, mais c'est pour ça que je te disais que les mecs étaient des pros. Au-delà du fait que le portail qui mène au côté pêche est en panne depuis un mois et qu'on entre comme on veut, quarante pour cent des caméras publiques du port sont hors service. Dont celle qui couvre le milieu du ponton 2. Quant aux autres, celles de la criée, elles couvrent tout… mais les trois qui nous intéressent ont été détruites dans la nuit, à deux heures. Au paintball.

– Les vigiles qui surveillent le port ?

Alex avait parlé tout en continuant à regarder les photos en gros plan. Il avait du mal à en détacher le regard. La fascination de l'horreur. L'analyser pour l'abolir.

– Personne côté pêche, répondit Nuzac. Côté plaisance, il y a un garde, mais il dormait ou n'a rien vu. Les mecs ont dû arriver par la mer tous feux éteints.

– Le sémaphore au-dessus, ils n'ont pas des caméras infrarouges ?

– Si, mais pas branchées en permanence sur le port. En même temps, leur truc, c'est plutôt de surveiller le large. Et pas de bol cette nuit-là, ils n'ont pas d'images. On a lancé les recherches ADN. C'est déjà parti à Nantes, au labo privé qui s'occupe de nos requêtes et de celles de la police, on leur a demandé d'aller aussi vite que possible, mais tu sais ce que c'est… Ça va être un gros bazar. Le port de pêche, c'est pas vraiment un environnement stérile. Et le corps a un peu traîné dans l'eau de mer. Mais on sait jamais. On trouve bien des traces sur des épis de maïs. En synthèse, voilà ce que je peux te dire. Des crimes comme celui-là, on n'en voit pas souvent. Même si l'alcool en grande dose et la drogue sont quasi présents dans tous les faits graves, comme tu le sais, et donnent parfois lieu à des trucs très violents, là, on est quasiment dans la mise en scène, le signal envoyé en plus de l'assassinat. Je te fais pas de dessin : tu imagines la pression qu'on va avoir là-dessus même si on essaie de contrôler l'info. Pression de la presse, de la hiérarchie, des politiques. Ce genre de truc, ça cadre pas avec le charme touristique familial de la côte bretonne. On va commencer l'étude de proximité, famille, boulot et tout dès que possible. Mais là-dessus et sur la victime, tu en sais sans doute plus que nous.

– Pas d'arme du crime, bien sûr ?

– Non, pas sur place. Si les mecs sont arrivés en bateau comme je le suppose, on a toutes les chances que les armes soient quelque part au fond de l'eau. Un classique du coin. Mais il y en avait au moins deux en tout cas. Une lame courte et très aiguisée pour travailler la viande. Et puis un truc genre sécateur. Celui avec lequel on a coupé des phalanges.

10

Alex remonta la capuche de son sweat pour se protéger de la bruine qui venait de se mettre à tomber. Il descendait vers le port sans se presser, digérant intérieurement son entretien avec Nuzac. Devant lui, la mer tournait au gris et se couvrait de rides provoquées par la risée. Sur la droite, un grain balayait toute la côte en direction d'Erquy.

Il avait raconté à Nuzac l'histoire dans l'ordre chronologique, depuis le contact pris par Nolwenn, le témoignage sous X, puis sa réapparition. Le fait qu'elle était de plus en plus fragile. Beaucoup plus quand elle s'était manifestée de nouveau quelques mois auparavant. Elle prenait des médicaments. Supportait de moins en moins bien son quotidien. Alex avait seulement passé sous silence le détail des aspects administratifs internes à la police. Et les tout derniers échanges. À propos de ce truc énorme qu'elle voulait dénoncer et l'aider à détruire « mais pas comme la dernière fois, pas comme un coup de pied dans la fourmilière où on bouscule deux sous-fifres, et tout reprend sa place. Non, là, je veux que tout saute, et la tête avant tout », à propos de ses connexions notamment avec « des barbus en costumes d'hommes d'affaires ». Chaque chose en son temps. Après tout, il n'en savait pas encore assez lui-même et n'avait pas l'intention d'arrêter de chercher.

Il avait bien vu que Nuzac n'aimait pas son histoire de contacts directs noués puis renoués sans cadre officiel.

Il avait noté tous les noms apparus dans les procédures, tout ce qu'Alex savait aussi de l'entourage de Nolwenn, de ses amis. Pas grand-chose en fait. Elle n'avait pas de famille, sa vocation étant née de sa propre histoire d'enfant abandonnée et placée de l'ex-DDASS.

– Question de curiosité, avait demandé le gendarme au bout d'un moment, tu pensais les utiliser comment ces infos ? En t'envoyant des lettres anonymes ?

– J'y avais même pas pensé au début, figure-toi, avait-il répondu. Mais pour moi, ce n'est que de l'intendance. Du moment qu'on déconne pas, y a toujours les moyens d'arranger les choses.

Une réponse diplomatique. Bien sûr qu'il était prêt à s'envoyer des infos à lui-même pour les faire entrer dans la procédure. Du moment qu'elles étaient vérifiées. C'est ce qu'il avait fait d'ailleurs.

Nuzac avait eu une nouvelle moue et n'avait pas répondu.

– Un P-V, il va m'en falloir un en revanche sur ce que tu dis. Je le rédigerai, et on se revoit pour le relire, ça te va ?

– Bien sûr. Moins on en met sur les contacts, en revanche…

– Oui, oui, t'inquiète pas, je suis pas débile. Et sur ce connard d'Alan Kerdec, là, tu as creusé ?

– Pas trop encore. Je voulais en avoir plus avant de m'approcher. Mais là aussi si j'étais toi, je ferais gaffe avant d'associer le nom. C'est un mec discret, mais probablement un gros poisson. Et encore, on ne sait peut-être pas tout. Alors si tu comptes garder ton enquête et pas te faire dessaisir à mesure que tu défiles la pelote, t'as intérêt à la jouer finement.

Nuzac sourit franchement pour la première fois.

– Là, non plus, t'inquiète pas, j'y veille. Le juge nous fait confiance. C'est Guilder. C'est un mec très indépendant.

Pour l'instant, j'ai l'appui technique de Rennes pour la scientifique et des enquêteurs du GIR régional si je le demande.

– Vous avez déjà été chez Nolwenn ?

– Oui. On n'a pas trouvé grand-chose. Aucun dossier sur les sujets que tu évoques. Pas d'ordi non plus.

– Elle en avait un. Un mac.

– Probablement disparu avec le ou les assassins.

Les types avaient sans doute tout nettoyé. Des pros. Quant à Nolwenn, au vu de la manière dont ils s'étaient acharnés sur elle, il y avait peu de chances qu'elle leur ait caché quoi que ce soit de ce qu'elle savait.

– Tu me tiendras au courant ? avait-il demandé.

Nuzac avait répondu par un oui sans conviction. Alex n'en attendait pas plus. Puis le gendarme l'avait interrogé aussi un peu sur les gens du port, les pêcheurs. Avait testé auprès de lui l'idée des connexions de ce milieu avec celui de la drogue. Ces mecs prenaient des substances, leur vie était si dure… Le baratin habituel. Il paraissait assez content de son hypothèse en tout cas, et Alex se dit que les marins-pêcheurs n'allaient pas trop rigoler dans les jours à venir. Nuzac risquait de leur mener la vie dure. Il sentait aussi autour de chaque question que sa proximité avec les gens de mer ne rassurait pas son interlocuteur. Même s'il était content d'avoir des réponses à ses questions, Nuzac voyait quand même en eux des délinquants permanents en puissance. Alex en l'écoutant avait pensé que décidément le monde entier conspirait pour lui rendre la vie pénible : Romain et tous ses copains qui ne pouvaient s'empêcher de se méfier de sa qualité de flic, et les gendarmes qui trouvaient bizarre qu'il ne fréquente pas que des flics…

Au moins cela lui avait offert un prétexte facile pour aborder le sujet de la disparition de Marco.

– Tu vas me trouver pénible, mais ça me fait penser que j'ai un autre truc à te demander, avait-il enchaîné au moment de quitter l'adjudant.

– Vas-y, s'était marré celui-ci, demande toujours, ça doit être mon jour.

– Qu'est-ce que tu dis de l'histoire du type disparu en mer du côté du chantier des éoliennes ?

– Ah t'as entendu parler de ça aussi !

– Eh oui, les mêmes, figure-toi, dont on vient de parler. Je les connais tous. Enfin ceux d'ici. Et Marco aussi, je l'ai croisé. De ce qu'on me dit, même si je le connais à peine, c'est un bon mec. Un peu chien fou, mais un mec bien.

Nuzac avait eu une moue peu convaincue.

– Je sais pas grand-chose, c'est les Affaires maritimes qui gèrent, on est au-delà de la zone des six milles nautiques, c'est leur juridiction. Et en plus, on est dans un périmètre protégé, et le dossier des éoliennes est suivi en haut lieu chez le préfet et même à Paris, alors c'est le grand jeu.

– Mais ils continuent à enquêter ?

– Ils veulent comprendre ce qui s'est vraiment passé et notamment ce que foutait là cet Italien, dont tu as dû entendre parler. Ils creusent sur lui. Il a un passé pas très clair. Et pas seulement comme militant vert. Une procédure est ouverte contre les plongeurs. Violation de périmètre, atteinte aux intérêts économiques, mise en danger de la vie d'autrui, ça va pas s'arrêter là à mon avis.

À entendre Nuzac, militant vert et délinquant paraissaient assez synonymes.

Alex pensa aux films que Romain lui avait remis. Vu la tournure que ça prenait, il avait intérêt à faire gaffe lui aussi. La paranoïa de Romain au téléphone n'était peut-être pas si exagérée.

– Et en même temps, bien sûr, ils recherchent le mec.

– Ils ont travaillé un minimum les courants ? Il n'y avait pas de mer, peu de vent. Un gros coefficient, oui, mais c'est quand même insensé un mec qui tombe à l'eau comme ça sans raison ?

Nuzac soupira.

– Oui, c'est absurde, mais on a vu des tas de trucs comme ça : le type qui veut pisser et qui dérape et n'arrive pas à remonter à bord, panique, crise cardiaque… Ou alors un AVC, et il bascule et coule.

– Le courant aurait dû le porter au sud avec le jus montant, mais ensuite, on ne sait pas combien de temps ça peut prendre pour le ramener à la côte. Bizarre quand même. Les AffMar ont dû regarder tout ça ?

– J'imagine, mais j'en sais pas plus. Et tu as vu, silence radio total. L'info a à peine filtré. Faut dire que le cadavre de Saint-Quay a pris tout l'espace. Un mec qui tombe à l'eau, ça fait pas le poids, même au pied des éoliennes. Voilà tout ce que je sais. Et bien sûr, je ne t'ai rien dit. Alors fais gaffe à ce que tu dis toi-même.

Par-delà sa tristesse, Alex souriait en repensant à la conversation. Au fond, Nuzac lui était sympathique. Il n'imaginait pas une seconde qu'Alex puisse avoir des relations qui ressemblaient à de l'amitié avec un type comme Romain. Impossible à concevoir. Chacun dans sa case. En l'occurrence, ça le servait qu'il ne les sache pas si proches. Et aussi qu'il ne mesure pas la capacité d'Alex à se passionner pour une cause qui n'était pas la sienne et dont il n'était même pas en charge. La rectitude simple des Cruchot avait aussi du bon.

11

Sur le chemin du retour en bateau, après avoir passé la plus grande partie de l'après-midi au bureau à mettre à jour les dossiers de procédure et à affecter les interventions terrain des prochains jours, les conditions météo étaient moins bonnes. Alex avait maintenant le vent en face et une houle courte qui cassait le rythme du semi-rigide montait face au courant. Collé à la côte pour éviter les perturbations, Alex décida de s'arrêter à Saint-Quay. Il avait invité Yves à dîner le soir même et devait faire quelques courses avant de passer à la poissonnerie de Saint-Marc toute proche. Si la chance lui souriait et que Romain était encore au club, il en profiterait pour caler les choses avec lui.

Il s'amarra de nouveau au bout du ponton carburant à côté des bateaux des clubs de plongée et monta directement vers les locaux. La chance était avec lui, Romain gonflait des blocs dans le local compresseur.

Alex fut effrayé par sa mine. Romain n'était plus que l'ombre de lui-même.

– Alex, tu as des news ? Putain, je dors plus, je le vois tout le temps, je me réveille, et je le vois avec son bonnet, Marco…

Alex le prit par le bras et le serra en le regardant droit dans les yeux.

– Viens avec moi, Romain, je vais relever mes casiers, ça va te faire du bien de prendre l'air.

Le plongeur le suivit sans mot dire.

Alex refit le chemin inverse, démarra son bateau et sortit au ralenti en saluant le maître de port qu'il connaissait bien.

– Éteins ton téléphone, dit-il en faisant de même avec le sien.

Puis il enclencha les gaz et mit le cap sur les îles.

Une bande de nuages couvrait tout le ciel au-dessus du petit archipel. Le temps était en train de tourner, et pas dans le bon sens. Il contourna les récifs par le sud et s'arrêta un peu plus loin.

– Tu mets des casiers là, toi ? s'étonna Romain.

– T'es con ou quoi ? Bien sûr que non. Mais là, on peut parler tranquille.

Il lui résuma dans les grandes lignes son échange avec Nuzac sans citer celui-ci et en dédramatisant un peu les conclusions.

– Bref, il faut faire gaffe. Tes films, d'abord, tu les oublies. Tu ne me les as pas donnés. Tu ne les as d'ailleurs pas faits. Je m'en occupe. Je réfléchis et je vois ce qu'on fait avec ou pas. OK ?

Du coin de l'œil, Alex surveillait la dérive de son semi-rigide tout en parlant.

– OK, oui, évidemment.

– Bien. Deuxième chose, tu ne m'appelles pas. Jamais. Et tu fais gaffe, il y a toutes les chances que tu sois sur écoute à brève échéance.

Romain hocha la tête.

– Si tu as besoin de me joindre, tu fais passer le message par Jean. Mais vraiment si urgent. Et c'est moi qui te contacte. Tu n'as qu'à venir au club comme d'hab' tous les jours, mettons en fin de journée. Vers dix-huit heures. Et si j'ai besoin…

– Y a un autre truc…

– Oui ?

– J'ai parlé aux pêcheurs qui étaient en mer cette nuit-là. Ils ont eu l'alerte et ont vu tout le dispositif. Ce qui est bizarre, c'est que ceux qui sortaient le matin ont vu l'hélico et l'avion faire seulement des tours simples, pas les tours qu'ils font en recherche. Et ils étaient sur des ellipses vers le nord alors que le courant était montant, donc vers le sud.

Ça n'avait aucun sens.

En même temps, Romain était tellement à côté de ses pompes, détruit par cette histoire, qu'Alex s'interrogeait sur la crédibilité qu'il pouvait ou non lui accorder.

Il lui donna une bourrade. Faire descendre la pression.

– On lâche pas l'affaire. Essaie de te reposer. Et surtout arrête de penser que c'est ta faute. Parce que ce n'est pas le cas. Compris, mon pote ? Ça paraît incroyable, mais ce sont des choses qui arrivent. Des accidents.

Il s'efforçait de parler d'une voix douce. Ne pas rajouter de la tension ou du drame. Ça ne servait à rien. La situation était assez pénible comme cela. Mais en lui-même, il n'aimait pas la manière dont les choses se passaient autour de cette disparition.

Romain hocha la tête, mais il semblait prêt à fondre en larmes à tout moment.

Alex redémarra son moteur et reprit la direction du nord.

– Allez, je te dépose et je vais chercher du poisson à Saint-Marc. C'est que j'ai un dîner à préparer, moi.

12

Dans l'anse suivant celle du Gerbot d'Avoine, un amoncellement de roches accessible à pied sec à marée basse, Alex vint poser son bateau sur la plage, relevant le moteur au dernier moment pour ne pas abîmer son embase, l'assura et fit à pied les vingt mètres qui le séparaient de la poissonnerie de Saint-Marc. Il acheta un turbot magnifique, des crevettes et reprit la mer en appelant la maison selon un rituel hebdomadaire scellé avec son fils lorsque celui-ci était là.

Mairead répondit et lui passa Sean :

– Demande d'ouverture du hangar pour retour à la base navale, dit-il d'un ton solennel.

– Demande acceptée, capitaine, répondit Sean d'un ton sérieux. Paré dans sept minutes. Synchronisons nos montres.

– Bien reçu, base navale. Merci et à tout de suite.

Faisant route, il imaginait Sean à son poste près de la console, le doigt sur le bouton vert déclenchant l'ouverture de la porte. Quand il manœuvra derrière le dernier cap pour tourner en direction du rivage, les lumières étaient allumées et le portail s'ouvrait.

Il remonta le bateau avec la commande électrique, embrassa son fils et déposa son arme dans le coffre. Il y prit ensuite l'ordinateur qui lui avait été confié pendant le premier confinement de 2020 et lui permettait avec un

VPN sécurisé de consulter toutes les bases de données police auxquelles il avait accès.

– Passé une bonne journée, Sean ?

– Super, oui.

– Tu as eu des bonnes notes ?

– Non, mais j'ai joué.

– C'est bien aussi.

Le juchant sur ses épaules après lui avoir donné l'ordinateur à porter, il monta l'escalier en prenant garde de ne pas le cogner et fit mine de le jeter par terre dans la cuisine, lui arrachant des hurlements de joie. Iona débarqua dans le salon, l'air sérieux, et se planta devant lui, les mains sur les hanches.

– C'est pas fini ces jeux de garçon ? Vous faites trop de bruit. Et vous allez casser l'ordi !

– Hop, intervint Mairead, tous les deux à la douche, tout de suite. Et pas d'eau partout. Filez.

Elle tendit la main pour entrouvrir le paquet des viviers de Saint-Marc.

– Turbot, s'émerveilla-t-elle.

– En l'honneur d'Yves, acquiesça Alex.

– Il le mérite. Turbot au four, c'est parti.

Une heure plus tard, l'odeur du poisson qui cuisait envahissait délicieusement la maison. Assis à l'extrémité du plan de travail, son ordinateur devant lui, Alex avait entré son code d'identification et son nom pour accéder au TAJ, le fichier recensant toutes les enquêtes en cours menées par la police et la gendarmerie. Il passa en revue toutes les entrées et tous les documents rattachés à l'affaire où Nolwenn avait témoigné sous X, puis ceux où apparaissait Kerdec, recherchant les noms reliés à sa personne. Bien sûr la démarche laissait des traces, mais il fallait qu'il essaie de maintenir son avance. Et puis il n'y avait rien d'extraordinaire à ce qu'il cherche à se remémorer les dossiers alors qu'il allait témoigner sur un P-V officiel.

Il fit une dernière recherche sur la disparition en mer de Marco, mais sans résultat intéressant, se déconnecta puis relut les notes qu'il avait prises. Quelque chose ne collait pas. Kerdec avait un pedigree gros comme le bras, extorsion, vols, cambriolages avec violence, détention d'armes, possession et trafic de drogue, d'innombrables délits de délinquance routière, mais rien donnant lieu à des condamnations très lourdes. Commencé très jeune, à l'âge où la minorité est encore une forme de protection, son casier s'était ensuite dissipé au cours des dernières années, comme si l'homme s'était rangé, ce qu'Alex ne jugeait pas crédible. Soit il était devenu discret et avait amélioré son statut de manière à se rendre moins vulnérable, soit il faisait agir les autres plus qu'il n'agissait lui-même. Alex allait devoir creuser ça. Par ailleurs, aucune enquête globale n'apparaissait, fiscale, train de vie. Il se nota d'y revenir. Il imprima deux photos et les glissa dans son cahier. Kerdec avait tout d'un loup. Des yeux glacials, pénétrants, un visage long et mince qui n'offrait pas de prise, des cheveux presque rasés. Une gueule à faire peur.

Alex rechercha ensuite dans le dossier qu'il avait ouvert pour l'affaire les coupures de journaux consacrées à la découverte du cadavre ainsi qu'à la disparition de Marco. Il les relut toutes en intégrant les informations reçues le jour même. Il remarqua un détail qui lui avait échappé : les articles dans *Le Télégramme* étaient signés du nom de Paul Perdreau, qui ne correspondait à aucun journaliste qu'il connaissait. Il entoura le nom en rouge.

Il referma le dossier et consulta sa montre. Il avait juste le temps de se changer avant qu'Yves n'arrive et que le poisson soit cuit.

13

Alex regardait avec amusement Yves faire tourner le cognac dans son verre. Celui-ci paraissait minuscule dans les mains immenses du géant. La pluie tambourinait contre les vitres devant eux. Assis dans le salon face à la mer, ils distinguaient l'ombre des vagues qui déroulaient dans l'anse. Un instant de silence. Ils étaient complémentaires plus que semblables. Alex appréciait la simplicité et la bonne humeur d'Yves. Quand celui-ci avait rejoint la PJ de Saint-Brieuc et les Stups, en provenance de Vannes, un peu moins de deux ans plus tôt, il s'était interrogé sur les raisons de sa venue. Célibataire, taiseux, Yves donnait peu d'informations sur sa vie. Alex avait appris avec plaisir à s'habituer à ce cocktail complexe de discrétion et d'engagement dans le travail collectif. Il pensait souvent qu'il faudrait plus de types comme son adjoint dans les équipes. Les Stups rendaient dingue, un peu moins peut-être en province qu'ailleurs mais quand même. Trop lourd. Trop désespérant. Yves traversait ça avec une aisance qui n'était ni de l'indifférence ni du détachement. Une sorte de solidité semblable à celle des chirurgiens. Un chirurgien habillé avec des effets bizarres quand même, comme les bottes texanes et la chemise hawaïenne qu'il portait ce soir. Imprévisible, il était capable d'arriver en veste de tweed le lendemain. Ce type était une anomalie statistique.

– Il est vraiment délicieux, ton cognac, dit-il en dégustant une gorgée.

– Ça me fait plaisir qu'il soit à ton goût, répondit Alex qui savourait l'odeur mais n'avait pas touché son verre.

Les enfants étaient partis se coucher depuis longtemps. Ils avaient dîné avec Mairead. Le poisson était délicieux. Un vrai dîner familial où il n'avait pas été question de boulot. Sa femme était ensuite repartie dans son atelier. Et ils étaient restés tous les deux, sentant la fatalité de leurs dossiers qui reprenaient pas à pas leur place dans l'espace entre eux.

Yves reposa son verre, posa ses larges paumes sur ses genoux. Le canapé sur lequel il était assis paraissait plus petit sous sa masse.

La pluie redoublait.

– Tu as l'air préoccupé ?

Alex hocha la tête affirmativement.

– C'est frustrant de ne suivre l'affaire de l'assassinat de Nolwenn qu'à distance. Et encore les gendarmes jouent le coup très réglo. Même s'ils ont vérifié les infos que je leur donnais, bien sûr… Et donc je suis invité à l'autopsie demain… Mais quand même, ça me travaille. J'ai relu tous les docs que j'ai sur l'histoire. Mes notes sur nos derniers échanges.

– Ce n'est peut-être pas lié, tu sais.

– Je crois pas trop aux coïncidences. Nolwenn revient me voir après deux ans et, cette fois, elle veut faire exploser le système, elle pense qu'elle a de quoi, elle cite le nom de Kerdec, et, soudain, quelqu'un la découpe en morceaux ? Non, non, c'est forcément lié. Sauf que personne ne pouvait être au courant… sauf si quelqu'un a merdé avec les procédures ou qu'on a une taupe en interne.

Yves passa la main sur son crâne chauve.

– T'emballe pas, mon grand.

– J'aimerais une autre explication, mais tu en as une, toi ? Et puis pourquoi cette mise en scène, le corps sur le bateau de pêche ? C'est dingue cette histoire. Nuzac me paraît assez convaincu qu'il y a un lien Stups entre l'assassinat et la pêche. Je suis moins certain. Mais le corps n'a pas été posé là par hasard.

Il but une gorgée.

– Et puis il y a autre chose. Son ordi a été volé. Apparemment, on n'a pas non plus retrouvé le portable avec lequel elle communiquait avec moi. En tout cas, personne ne m'en a parlé. Il est possible que les commanditaires sachent qu'on travaillait ensemble, elle et moi. Si oui, il peut y avoir un danger pour moi, mais aussi pour Mairead et les enfants.

Yves hocha la tête.

– Il faut réfléchir à ce qu'on met en place, oui. Je vais demander à la patrouille du PSIG de prévoir des rondes plus fréquentes par ici.

Le géant paraissait préoccupé à son tour.

– On se retrouve demain après l'autopsie ?

– Oui, bien sûr, c'est dans l'après-midi, je ne sais pas à quelle heure ça va finir, mais je t'appelle juste après. Et on va continuer à creuser sur Alan Kerdec. S'il le faut, on va s'envoyer des messages anonymes à partir des infos recueillies auprès de Nolwenn, et j'irai en parler avec Lelièvre. Que ce mec soit mêlé à sa mort ou pas, il y a de toute façon un sujet lourd avec lui. Et on va trouver lequel. Quitte à remuer un peu de la boue dans laquelle il se cache. On doit au moins ça à Nolwenn.

Yves leva son verre.

– Ça me semble un bon programme.

Alex sourit en levant son verre à son tour.

Mairead apparut tout à coup.

Elle avait gardé par-dessus son jean et son tee-shirt la chemise d'Alex qu'elle portait pour peindre.

– Vous refaites encore le monde, les garçons ? Ne me dites pas que vous travaillez ?

Les deux policiers échangèrent un regard complice.

– Moi, je vais me coucher, reprit-elle.

– Tu es contente de ton travail ? Pas le droit de voir ? dit Alex.

– Non, pas le droit, c'est une nouvelle série, je suis dans les essais. Je préfère te montrer après.

– Bonne nuit, mon amour. À tout à l'heure.

– Ne buvez pas toute la cave. C'est même pas des produits écossais, dit-elle en fronçant les sourcils devant l'étiquette de la bouteille posée sur la table basse.

La pluie se calmait. Yves faisait chauffer le reste du cognac dans un geste machinal entre ses paumes jointes.

– Et sinon tu t'intéresses toujours aux virées nocturnes de tes copains plongeurs ? reprit-il.

Alex acquiesça.

– Oui. C'est pas terrible. La disparition de Marco, c'est vraiment triste. Et au-delà du bordel où il est avec les Affaires maritimes qui l'ont à l'œil, Romain est dévasté. Tu le connais un peu…

Yves hocha la tête négativement. Ces types n'étaient pas trop son genre. Il comprenait que pour Alex la vie sous l'eau était importante, mais c'était trop compliqué de son point de vue de maintenir des relations avec des gens aussi différents de lui.

– Je connais pas mais j'imagine. J'ai eu des nouvelles de l'Italien de mon côté aussi. Par un copain proche des AffMar.

– Et il te dit quoi ?

– Ils l'ont relâché. Ils l'ont gardé un moment, comme pour ton pote, au cas où. Ils ouvrent une enquête officielle.

Sous leur autorité. Le préfet maritime et le préfet tout court sont assez stressés, semble-t-il. Mais c'est mystérieux, personne ne veut parler de cette affaire. Pareil pour le type qui est tombé à l'eau, personne n'espère plus le récupérer, mais personne n'en parle. On croirait que tout le monde se dit tout bas qu'on n'a qu'à attendre un jour de grande marée à la pointe de Pordic ou à celle du Roselier pour qu'un pêcheur à pied retrouve ce qu'il en restera.

Il but une nouvelle gorgée de cognac, comme un toast silencieux au présumé défunt.

Alex pensa que c'était ça qu'il ne supportait pas : cet apparent désintérêt comme si Marco ne représentait pas un enjeu parce que c'était quelqu'un de banal, sans relations, quelqu'un qui ne comptait guère. Et puis ce silence. La plupart des gens pensent que le silence, c'est du vide. Et que si on ne parle pas d'un sujet, c'est qu'il n'existe pas. Tout le contraire de la philosophie Dumas pour qui, depuis l'enfance, un sujet dont on ne parle pas, dans certains milieux en tout cas, c'est très souvent un sujet qu'on veut dissimuler. Enfant, un sujet de frustration. À l'âge adulte, un sujet d'énervement. Chaque année un peu plus. Alex savait d'expérience que les paranos personnelles nées dans l'enfance ont la vie dure.

– Ils ont saisi les affaires de l'Italien et sa caméra, reprit Yves. Et le type doit rester par là. Il loge chez des mecs qu'il connaît, proches de Greenpeace ou le genre. Une maison des autonomes dans Saint-Brieuc. Ça stresse tout le monde, ces putains d'éoliennes.

Alex se redressa d'un coup.

– Tu as raison, bon sang ! Les films, c'est ça qu'il faut qu'on regarde.

Yves le fixait, surpris.

– Quels films ?

– Ceux de Romain, ceux de sa plongée quand Marco a disparu. Il les a planqués et me les a donnés. Je vais les chercher, pas encore eu le temps de les regarder.

– Un peu chaud ton truc, non ?

Alex s'était levé et se dirigeait vers l'escalier du sous-sol. Il s'arrêta et sourit.

– Oui, tu as raison, mais on va gérer. On jette juste un œil et après on baisse le rideau, ça te va ?

– Parfait pour moi.

Un instant plus tard, il était remonté avec la petite Go Pro. Il ouvrit le caisson étanche et sortit la caméra avant de la relier à l'écran de la télé.

Il alluma, rechercha par date. Il y avait trois films de suite. La caméra enregistrait par séquence de quinze minutes et déclenchait automatiquement un nouvel enregistrement si on ne l'arrêtait pas.

Il lança le premier. On suivait toute l'exploration des excavations. Alex trouvait la qualité et le sujet vraiment intéressants. Il n'avait jamais vu d'images semblables. Et même le son était frappant, on entendait le bruit assourdi de l'éboulement et aussi, au début, un grondement qu'il n'identifia pas. Des tas de gens adoreraient avoir ça, pensa-t-il. Le deuxième film enchaînait puis s'arrêtait au moment de la remontée quand Romain avait stoppé son exploration.

– Mais le troisième film, c'est quoi, alors ? interrogea Yves en se tournant vers lui.

– On va voir, répondit Alex en appuyant sur la télécommande.

L'image était désordonnée, la caméra fixée sur un mousqueton au gilet stabilisateur de Romain bringuebalait en tous sens. Il commençait sa remontée.

– À tous les coups, il a relancé la Go Pro sans faire exprès. Ça arrive tout le temps avec ces trucs si on ne les éteint pas correctement.

– Ah bon, pas d'intérêt alors.
– *A priori* non, mais on va jeter un œil quand même.
Romain remontait lentement. La caméra restée allumée pendait librement au bout de sa dragonne, captant la respiration du plongeur, ses bulles et parfois son bras ou son torse dans le pinceau de son phare.
– Une putain de plongée quand même, commenta Yves avec un ton admiratif. Sont un peu déjantés tes copains, mais il faut reconnaître qu'ils ont des couilles.
– Attends, l'interrompit Alex.
Il stoppa le défilement, revint en arrière puis relança le film en montant le son à fond.
– Tu entends ?
Un ronflement se faisait entendre. Sur l'ordinateur de Romain, on voyait la marque des vingt-cinq mètres de profondeur. Puis le ronflement se faisait plus léger avant de disparaître.
Alex s'était levé pour se rapprocher de l'écran. L'excitation qui l'avait saisi était visible, une tension nouvelle, palpable sur ses traits concentrés.
– Tu as entendu ?
– Oui, mais c'est quoi ?
– À la descente aussi il y avait un bruit. Plus lointain. Mais là, c'est bien un moteur, et pas très loin.
– Mais alors tu veux dire…
– Qu'il y avait un autre bateau dans le coin, oui.

14

La salle de visioconférence du groupement de gendarmerie était en fait un bureau d'interrogatoire équipé d'un écran. Lorsque Alex y pénétra à seize heures, Nuzac était déjà là avec deux autres gendarmes qu'il ne connaissait pas tandis qu'un technicien était en train de s'affairer pour établir la liaison avec Brest.

– Salut, Dumas, on t'a gardé un fauteuil de choix pour le spectacle, l'accueillit Nuzac.

Alex sourit en voyant que le fauteuil était manifestement celui qu'on attribuait aux suspects, comme en témoignait le plot rempli de sable posé à côté, muni d'un anneau auquel on pouvait attacher les menottes.

– Top, trop gentil.

Le gendarme fit les présentations.

– Sérieux, installe-toi, on va être en ligne dans une minute. Tout va bien, sinon ?

– Parfait et toi ? Du neuf ?

– Pas grand-chose encore. On va faire passer les auditions en deux séries, d'abord celles qui concernent la scène de crime, témoins éventuels, gens qui étaient là, les marins-pêcheurs… Et puis les gens du milieu professionnel et ceux qu'elle a contactés récemment. En parallèle, on fait téléphone, géolocalisation du véhicule de Nolwenn s'il y a un dispositif intégré, compte en banque, la totale quoi.

C'est parti. Dans trois-quatre jours, on y verra déjà plus clair et on fera un point.

Nuzac s'arrêta, car le légiste venait d'apparaître à l'écran. Il salua les personnes présentes et annonça qu'il allait commencer.

Alex avait assisté à de nombreuses autopsies au cours de sa carrière, mais il appréciait être à distance et éviter les odeurs, très clairement le pire de l'exercice. Il avait sorti un petit carnet et notait des infos au fur et à mesure. Nuzac n'y voyait apparemment aucun problème. Le pendentif qu'Alex connaissait bien apparut à l'écran, et il ferma les yeux une seconde. Toujours ce sentiment curieux de suspension et d'irréalité dans lequel plonge la confrontation avec la mort de quelqu'un rencontré récemment. D'absurdité aussi.

Le médecin partait de l'aspect général du cadavre avant de se concentrer sur la particularité des blessures. Il transcrivait en mots scientifiques le calvaire subi par la jeune femme. Elle avait succombé à une hémorragie massive consécutive à la rupture de la carotide. Mais il relevait trente-quatre blessures dont l'amputation des phalanges préalable au coup fatal. Les visages étaient marqués dans la salle. Même à distance le spectacle était insoutenable.

Le médecin décrivit ensuite l'existence probable de trois armes, l'une semblable à une batte de base-ball ou une barre de fer, la deuxième un couteau à lame courbe d'une longueur de douze à quinze centimètres. Et enfin une sorte de tranchoir.

Alex se tourna vers Nuzac et se pencha pour lui parler à voix basse.

– Je peux poser une question ou tu veux la poser, toi ?

– Vas-y, vas-y, je t'en prie, répondit Nuzac sur le même ton.

Tout cela est décidément très civilisé, se dit Alex en se redressant pour intervenir.

– Pardon, docteur, commandant Dumas, PJ de Saint-Brieuc, j'ai trois questions complémentaires sur les deux dernières armes. D'après les descriptions que vous en faites, pensez-vous que ce sont des instruments spécifiques, professionnels ou de l'équipement de cuisine classique ? Avez-vous déjà eu l'occasion de voir des armes semblables dans des dossiers locaux ? Et, si oui, troisième question, étaient-elles liées à des groupes ou réseaux particuliers ?

Le praticien se tourna plus directement vers la caméra.

– Pour la première question, ce sont probablement plutôt des outils professionnels. Personne n'a ça dans sa cuisine. Ou alors dans un restaurant, et encore assez spécialisé en viande. Une boucherie, oui, ou une usine de découpe. En revanche, je n'ai jamais vu de chose pareille par ici. Et donc je n'ai pas de réponse à la question trois.

Alex le remercia, nota « couteau de découpe » qu'il souligna deux fois. Un petit signal rouge s'était allumé dans sa tête. Quelque chose qu'il avait vu ou lu.

Il traça une flèche et écrivit en regard : « relire le dossier N ».

15

Le lendemain, Alex se leva très tôt pour aller courir sur son circuit habituel.

Au retour, il prit une douche, prépara le petit-déjeuner puis descendit chercher ses affaires pour être prêt à emmener les enfants en voiture. C'était son tour ce matin. Il avait rendez-vous à neuf heures au bureau, c'était large. Il récupéra son arme et vérifia son téléphone pro en remontant l'escalier. Il avait deux messages.

Il s'assit dans le salon et, un doigt sur les lèvres, fit signe à Sean qui venait vers lui avec son air de pirate de ne pas faire de bruit.

Les messages, l'un vide, l'autre renseigné, émanaient d'un commissaire divisionnaire rattaché à la direction centrale parisienne de la Police judiciaire. Il nota le nom de l'homme à la voix grave, Nathan Paluel, et le numéro de portable auquel il lui demandait de le rappeler sans indiquer la raison de cette demande.

Stupéfait, Alex posa son téléphone devant lui. La probabilité qu'un haut gradé parisien ait soudain besoin de parler à sa petite personne en direct sans passer par la hiérarchie était quasi nulle. Comme une sorte d'accélération. Le signe qu'il avait raison et que son intuition était la bonne. On les surveillait, lui et son enquête, d'une manière ou d'une autre.

Il rouvrit son carnet de notes et relut ce qu'il avait écrit la veille en rentrant, bien après avoir débriefé l'autopsie avec Yves. Il avait repris dans la soirée tous ses échanges avec Nolwenn et trouvé ce qu'il cherchait. En marge d'une conversation à propos d'un type qu'utilisait selon elle Kerdec pour recruter des jeunes. Un type d'origine moldave qui vivait de petits boulots et avait été mis en contact avec un gamin que suivait Nolwenn lors d'un stage qu'elle lui avait procuré… Ironie du sort. La voie pour échapper au mal avait jeté le gosse dans la gueule du loup. C'était cette histoire qui avait poussé la jeune femme à chercher des infos et à accepter de jouer un rôle de quasi-infiltrée en essayant d'obtenir des informations sur l'activité de ces voyous. C'était cela qu'il cherchait : l'entreprise était un abattoir. Avec pour cela tout l'équipement et les outils nécessaires.

Une pièce supplémentaire du puzzle. Et maintenant l'appel de la direction centrale. Son instinct disait à Alex qu'il touchait quelque chose. Comme lorsqu'en avançant à l'aveugle dans le noir, on distingue des formes mais sans savoir encore comment les assembler. Il essaya d'appeler Yves pour lui raconter, mais il était sur messagerie. Il lui donna rendez-vous au bureau après le point de groupe de neuf heures.

Les enfants déposés à l'école, Alex fila par la départementale jusqu'au commissariat central. La circulation était plus calme qu'à l'habitude, et il arriva en avance. Il s'installa dans une salle destinée aux appels discrets pour appeler le divisionnaire.

Il reconnut la voix du message quand Nathan Paluel décrocha.

– Merci de me rappeler, commandant Dumas. C'est un sujet sensible. Vous vous êtes connecté récemment au

TAJ, n'est-ce pas ? Quelqu'un en tout cas l'a fait avec votre indicatif.

– Oui, je m'y connecte souvent pour le suivi et l'entretien des dossiers d'enquêtes en cours, mais qu'est-ce que je peux faire pour vous ?

– C'est à propos de vos recherches récentes sur plusieurs dossiers...

La phrase resta en suspens, comme s'il hésitait sur les mots à employer pour être plus précis.

Il y eut un silence, puis la voix reprit.

– Commandant, vous êtes là ?

– Oui, mais je ne comprends toujours pas ce que vous cherchez. Vous voyez un lien, vous, entre ces dossiers ? Ce sont des sujets locaux, pourquoi cet intérêt soudain ?

Il lui sembla entendre le type reculer dans son terrier d'un coup.

– C'est-à-dire que, comme je viens de vous le dire, il y a là une dimension sensible. Certains aspects liés à tout ou partie de ces dossiers peuvent toucher des enquêtes en cours de la Direction nationale. Des enquêtes dont certaines sont classifiées. Et j'ai besoin de connaître à la fois les questions qui guident vos recherches, les procédures auxquelles elles se rattachent et les éléments que vous avez éventuellement recueillis.

– Mais les éléments sont dans la base, monsieur le divisionnaire.

La voix grave reprenait du poil de la bête.

– On connaît tous les règles, commandant. On nourrit la base au rythme qu'on souhaite. Il nous est à tous arrivé de laisser des choses en suspens. Les procédures sont parfois contraignantes.

– J'aurais au moins besoin de savoir à quelles procédures vous faites référence de votre côté. Parce que je n'ai rien vu dans la base.

Jouer au con et tourner en rond. Toujours la meilleure manière de gagner du temps. Et puis ce Paluel commençait à le fatiguer.

– Je vous l'ai dit, commandant, vous n'avez pas à en connaître. C'est classifié.

Alex respira un grand coup. Le divisionnaire venait de commettre une erreur. Cette formule classique de l'administration était une des rares à provoquer chez lui une réaction épidermique d'insubordination quasi irrépressible.

– Écoutez, monsieur le divisionnaire, ce que je propose, c'est que vous me convoquiez sur un motif précis. Et, si possible, via le directeur départemental de la Sécurité publique. Je vous souhaite une bonne journée.

– Vous ne devriez pas le prendre comme cela, commandant.

– Vous ne me laissez pas vraiment le choix.

16

Yves regardait Alex d'un air vaguement inquiet.

Ils étaient installés tous les deux face à face dans une des microsalles de réunion aménagées lors du programme de travaux lancé deux ans plus tôt pour « optimiser » la surface existante. Au moins pouvaient-ils y parler tranquillement. Alex venait de raconter à son adjoint son dernier échange avec Paris.

– Tu lui as dit ça comme ça : « Envoyez-moi une convocation » ? interrogea Yves en ouvrant de grands yeux.

– Ben oui.

– OK. Tu vas en parler à qui ?

– À Lelièvre, je pense, je vais passer une tête dans son bureau. Et j'ai envoyé tout de suite un message à Laurent Rollet, un ami qui est à la BRI. Il connaît la terre entière dans l'ancien 36 et aussi au Bastion, au cabinet du directeur central. Je lui ai demandé ce qu'il fallait penser de ce Nathan Paluel. Il est de bon conseil. À mon retour du tribunal, je te rappelle pour qu'on décide ce qu'on fait pour les films aussi. Il faut qu'on trouve un moyen malin de les entrer dans la procédure.

Au palais de justice, c'était jour d'affluence. Une audience correctionnelle se tenait au premier étage. Avec les contraintes cumulées de l'arrivée des prévenus par l'arrière du bâtiment pour ne pas croiser le public et de la restriction Covid imposée à celui-ci, les abords du bâtiment ressemblaient à un théâtre avant la représentation.

Alex se faufila par son raccourci habituel et quitta ainsi l'espace ouvert au public, retrouvant une ambiance un peu plus sereine. Le bureau de Lelièvre était fermé. Il frappa sans obtenir de réponse. Il allait recommencer quand la voix de Lelièvre se fit entendre à l'autre bout du couloir.

– C'est moi que vous cherchez, commandant ? (Le substitut sortait du bureau du procureur.) Venez, vous tombez bien.

Alex le suivit dans son antre et referma la porte.

– Vous vouliez me voir ? Parce que moi aussi, figurez-vous.

Le magistrat paraissait troublé, et pas de très bonne humeur.

– Oui, monsieur le procureur. Je voulais vous faire part…

Le téléphone d'Alex sonna au même moment, mais il jugea préférable de ne pas s'y intéresser.

– … d'un appel que j'ai reçu de Paris en direct ce matin.

– De Paris ?

– De la Direction centrale, oui.

– Et à quel sujet ?

– Après notre échange et dans le cadre des contacts avec le service de recherche de la gendarmerie, j'ai relu les correspondances établies dans le TAJ sur les deux dossiers Nolwenn Hubert et Alan Kerdec. Et ça a alerté quelqu'un. Bref, ils m'ont demandé pourquoi je m'intéressais à ça. Et au dossier du disparu en mer.

– Quel rapport ?

– Aucun, c'est ça qui m'a paru étrange.

– Et alors ?

– Alors, j'ai rappelé et j'ai demandé une saisine ou une convocation officielle.

– Vous avez bien fait, commandant.

Lelièvre paraissait sincèrement satisfait bien qu'un peu surpris de cette conduite orthodoxe, ce qui fit sourire intérieurement Alex.

– Il s'appelait comment, votre interlocuteur ?

– Nathan Paluel, monsieur le procureur.

– OK. Tenez-moi au courant. Mais je comprends à la fois mieux et moins bien. Je vous explique. Ce que je voulais vous dire de mon côté, c'est que le procureur a reçu un coup de fil du préfet, un peu sur le même thème, s'intéressant à vos démarches et contacts, cherchant surtout si le parquet était au courant…

Sa phrase resta en suspens.

Alex s'efforçait de garder son calme. Décidément, ça s'agitait. Il hésitait à parler des films. Il ne voulait pas casser le bon climat entre le magistrat et lui.

– La situation de la hiérarchie police dans le département n'aide pas beaucoup, monsieur le procureur.

Alex pensa que sa formulation était vraiment euphémistique : le groupement était privé de son responsable en chef, officiellement pour cause de Covid long, officieusement pour burn-out. Et le commissaire responsable de l'ensemble de l'activité PJ était parti deux mois plus tôt, sans que son remplaçant soit arrivé. Le directeur départemental tenait la laisse de loin, déléguant à un proche collaborateur la coordination, en duo avec le chef de groupe Délinquance contre les personnes. Un dispositif bancal qui ne satisfaisait personne et ne pouvait pas durer.

– En l'occurrence, peut-être que cette situation vous est favorable, commandant. Elle permet plus facilement de vous adresser au directeur lui-même. Vous devriez passer le voir. Avoir une conversation sur les sujets. C'est quand même une étrange coïncidence ce regain d'intérêt de toute part pour votre activité, non ?

Alex se demanda si Lelièvre était télépathe. C'était sans doute en effet la meilleure solution. Le directeur départemental qu'il avait croisé rapidement en une ou deux occasions lui avait fait l'effet d'un vrai flic et pas d'un politique. Il fallait bien prendre des risques. De toute façon, il n'avait pas mille solutions pour que le film prouvant la présence d'un bateau puisse rentrer dans la procédure des Affaires maritimes et devenir exploitable. Il fallait que quelqu'un l'aide à l'y faire rentrer.

– Vous avez raison, monsieur le procureur.

Le téléphone sonna au même moment.

Lelièvre décrocha. Alex fit mine de se retirer, mais le procureur l'incita d'un geste de la main à rester.

Il échangea un instant avec son interlocuteur puis raccrocha, l'air préoccupé.

– Quand on parle du loup… C'était le directeur de la Sécurité publique. Dans le cadre de la permanence. Il y a de l'agitation au port de Saint-Quay. Les gendarmes ont mis en garde à vue plusieurs marins-pêcheurs ce matin et, quand ils sont venus les chercher, ça a créé de l'émotion. Il y a un début d'échauffourée, ils ont envoyé des renforts. On n'a vraiment pas besoin de ça en ce moment.

Pour le coup, Nuzac aurait dû me prévenir, pensa Alex.

– Je vais appeler Nuzac, répondit-il. Voir s'il a besoin d'aide.

Le magistrat soupira sans répondre. Alex allait sortir quand il le retint d'un geste.

– Commandant, si vous pouvez aider Nuzac, c'est bien, mais vous vous souvenez de ce que je vous ai dit ? C'est son enquête.

Alex acquiesça d'un hochement de tête.

Lelièvre sourit.

– Ne faites pas la gueule, commandant, je ne vous demande pas de laisser tomber ce que vous faites, juste d'éviter les faux pas. Il a trop de trucs qui clochent dans ce dossier, trop de zones d'ombre.

Il recula son siège. Alex connaissait ce geste. Il savait pour l'avoir souvent observé que cela trahissait l'excitation du magistrat devant les situations complexes.

– Je réfléchis tout haut, Dumas : vous menez une petite enquête officieuse avec un indic que personne ne connaît pour nourrir vos procédures en cours en matière de stups. Vous êtes sur le point, pensez-vous, de savoir comment ces mecs font entrer la drogue en grosse quantité et qui les fournit. Votre indic est brutalement assassinée et laissée sur un bateau. Assassinée d'une manière qui dit la sauvagerie des tueurs mais aussi leur volonté de mettre en scène le crime. Ils auraient pu simplement la faire disparaître. Non, ils veulent afficher leur puissance. Si l'on admet qu'elle est morte à cause des infos qu'elle voulait vous transmettre, c'est que quelqu'un a découvert qu'elle bossait pour vous, ou tout au moins qu'elle renseignait quelqu'un. Son ordi a disparu. Ils ont fait le ménage. En tout cas, ils craignaient ce qu'elle pouvait savoir. Mais le cœur de notre sujet, c'est comment ils ont su ce qu'elle faisait. Soit elle a été imprudente…

– Je ne crois pas, commenta Dumas.

– … soit quelqu'un d'autre surveillait le même type et s'est rendu compte du travail qu'elle faisait.

Il s'interrompit un instant puis reprit, manipulant machinalement son paquet de cigarettes.

– Parallèlement à ça, un type disparaît en mer, et comme votre vocation de saint-bernard sans collier est totale, vous essayez aussi de creuser ce sujet dont vous n'êtes pas davantage saisi que du meurtre.

Alex allait l'interrompre, mais Lelièvre le devança de nouveau d'un geste de la main.

– Ne prenez pas mal le mot saint-bernard, j'adore ces chiens. Et je vous aime bien aussi, Dumas, vous et vos théories sur la justice absolue qui nous commande de traiter tous les dossiers avec la même rigueur et sur ce que nous devons aux victimes. Je suis sérieux.

Il fixait Alex comme pour le convaincre.

Un magistrat pas banal, pensait une fois de plus ce dernier. Mais il devait reconnaître que son interlocuteur touchait juste.

– Bon, je continue, reprit Lelièvre. Donc vous cherchez dans les bases tout ce qui concerne Kerdec, Nolwenn Hubert, Marc Landrier. Et immédiatement, cela provoque des réactions en chaîne d'intérêt pour votre activité. Et là, Dumas, ça commence aussi à m'agacer beaucoup parce que, comme vous, je voudrais savoir : un, qui est capable d'avoir un tel accès à votre activité et, deux, pourquoi cette personne s'intéresse également à ces deux affaires que rien ne relie apparemment sauf le fait que le disparu était sur un bateau avant de se volatiliser et que la victime a été retrouvée elle aussi sur un bateau… et que tout cela s'est déroulé la même nuit.

Alex fixa ses yeux sombres sur le regard clair du procureur. Il avait eu cette même discussion avec Yves.

– Vous avez raison. Le fait que je cherche inquiète quelqu'un. Comme si je dérangeais une autre enquête. J'ai déjà vu de belles affaires, comme on dit, nous échapper parce que le niveau national s'en saisit. C'est classique. Mais là, il ne s'agit pas de ça. Alors oui, ça m'agace autant que vous, monsieur le procureur. Un peu plus même, peut-être, parce que c'est au-dessus de mon épaule que ce quelqu'un regarde et que je déteste vivre en regardant derrière moi.

17

– Commandant, commandant Dumas !

La voix juvénile l'avait surpris tandis qu'il descendait les marches du palais de justice pour rejoindre sa voiture.

Alex raccrocha son téléphone avec lequel il venait d'essayer de joindre Nuzac sans succès et fit volte-face. Devant lui se tenait un homme d'une vingtaine d'années, aux cheveux bruns et bouclés. Vêtu d'un jean, de baskets et d'un pull marin, il portait des petites lunettes métalliques rondes. Il devait mesurer plus d'un mètre quatre-vingt-dix et semblait plus grand encore du fait de sa minceur.

– Bonjour, commandant, je suis Paul Perdreau, du *Télégramme*, vous avez un instant ?

– Pas trop, non, répondit Alex d'un ton froid.

La catégorie journaliste n'offrait pas d'a priori positif dans l'esprit d'Alex. Plutôt l'inverse. Un élément perturbateur de l'enquête. Et incompatible avec le besoin de discrétion. Il jaugea celui qui se tenait devant lui.

– Dix minutes, reprit Perdreau. Je vous offre un café. Je voulais juste me présenter.

– Je sais qui vous êtes, mentit à demi Alex.

Perdreau eut presque un sourire d'enfant.

– OK pour le café ?

Alex hésita, pesant intérieurement le bénéfice/risque. La rencontre créée par un faux hasard ne lui plaisait pas. Mais le garçon ne paraissait pas très inquiétant.

– Comment me connaissez-vous ?

– J'ai suivi la dernière session d'assises. Je vous ai vu dans la salle et je vous ai entendu. Et puis je vous connaissais de réputation. L'affaire du crack, la filière démantelée à Brest…

Au moins il travaillait. Un bon point.

– Vous m'attendiez ? Vous n'allez pas me dire que vous me tombez dessus par hasard ?

– Non, enfin un peu des deux… Je vous ai vu arriver au Palais. J'étais là pour les correctionnelles et j'étais sorti fumer une clope. Je vous ai aperçu de loin. Alors je vous ai attendu.

Il y avait dans son récit un accent de sincérité.

– Et là vous voulez parler de quelle affaire ?

– Aucune précisément. En fait, je voulais vous demander votre avis.

Alex ne cilla pas mais sourit intérieurement. Celle-là, aucun localier ne la lui avait encore faite. Un deuxième point. Il pensa finalement qu'il avait le temps. Un tout petit peu de temps. Il hocha la tête.

– OK, un café mais vraiment très vite.

– Top, merci, répondit le journaliste avec un enthousiasme presque excessif.

Il désigna le trottoir d'en face. Sur la petite place au coin de la rue, une brasserie était ouverte. Ils s'installèrent à une table au fond, commandèrent et attendirent que le serveur apporte leurs cafés.

– J'ai lu vos articles.

– Et ?

– Infiniment mieux que votre prédécesseur.

Devant l'air surpris de Perdreau, Alex ajouta :

– Vous remplacez bien Foucher ? Le mec qui piquait dans les bureaux et nous la faisait à l'envers ?

Perdreau était de plus en plus mal à l'aise. C'était presque trop facile.

– Vous saviez pas ? ajouta-t-il pour enfoncer le clou. On a bien dû vous raconter ?

– Non, en fait, il y a eu un vide, c'est le type du judiciaire de Saint-Malo qui a couvert un temps, mais ça ne pouvait pas être une solution de longue durée.

Alex but une gorgée de café et s'adossa à sa chaise.

– Et vous, vous venez d'où ?

– Du Nord. À la frontière belge. J'ai fait l'ESJ à Lille, des stages de télé, radio et presse, un CDD à Rennes, un autre à Brest, puis ils m'ont proposé le job. Une chance incroyable.

– Vous n'imaginez même pas, se moqua gentiment Alex.

Le garçon parlait vite, avec un enthousiasme sincère qui forçait la sympathie.

Ou alors c'est le dernier des escrocs, pensa Alex.

– Et alors, qu'est-ce que vous pensez de Saint-Brieuc ?

Le garçon sourit.

– Plein de choses positives. Enfin, je veux dire du point de vue pro, corrigea-t-il.

Il ouvrit un petit carnet.

Nous y voilà, songea Alex.

– Regardez, en une semaine : le cadavre à Saint-Quay, avec en plus maintenant des échauffourées au port, une disparition en mer…

– Je vous arrête tout de suite : je ne vais pas vous être d'une grande utilité, l'assassinat, c'est la gendarmerie et le disparu, la gendarmerie maritime. Et je ne fais pas de maintien de l'ordre. On est loin de la Police judiciaire et des Stups.

Même si c'est pour cela que je n'ai pas beaucoup de temps à te consacrer, songea-t-il en lui-même, et que je vais prendre dans un instant la route de Saint-Quay pour me mêler précisément de ces dossiers-là.

– Non, mais ce n'est pas de ça que je voulais vous parler. Je vous l'ai dit : je voulais vous demander votre sentiment sur une info que j'ai eue.

Surpris, Alex encaissa le coup. Un journaliste qui apporte une info à un flic, encore mieux.

Il était vraiment rigolo celui-ci.

– Je vous écoute.

– Au-delà des faits divers et de police justice, je couvre aussi en partie les scènes musicales. Parce que c'était mon stage à Rennes et que j'adore les groupes... Bref, je sais que vous être pressé, j'étais à un concert la semaine dernière, et un type, un technicien que je voyais après avec les artistes en coulisse pour prendre un verre m'a parlé d'un truc : il m'a dit que depuis six mois la densité de MDMA et de NDS de très très bonne qualité, c'est-à-dire la plus dangereuse, a explosé sur le secteur.

NDS : Nouvelles Drogues de Synthèse. La petite lumière rouge d'alerte s'alluma de nouveau dans le cerveau d'Alex. Il fixa le journaliste beaucoup plus attentivement.

– Il disait ça sur quelles bases ?

– Dans les festivals, faut pas se raconter d'histoires, y a de tout. Ces mecs sont aux premières loges pour voir évoluer ce marché. Il m'a montré des photos. On est clair, si je vous les sors, c'est entre nous, on est d'accord ?

Alex acquiesça.

– On est d'accord, répondit-il d'une voix douce.

Le journaliste chercha une seconde sur son smartphone puis le poussa vers le policier. Alex fit défiler les photos. Elles représentaient des paquets et des comprimés dans des sacs. Tous frappés de deux sceaux : un dauphin sautant de l'eau sur l'un, un scorpion et deux sabres entrecroisés sur l'autre.

– Le technicien m'a dit qu'il avait déjà vu ces signatures par le passé. Au Liban, lors d'un festival. Et il faisait un lien avec l'Afghanistan, mais je vous avoue qu'à ce moment-là de la soirée je ne suis pas très sûr de ce qu'il avait pris lui-même. Il en avait revu une fois, il y a un an, à Brest. Mais ensuite plus rien et puis soudain le déferlement.

Alex repoussa le téléphone.

– Il savait d'où ça venait ? Qui diffusait cette merde ?

– Selon lui, c'était en lien avec les abattoirs. Et c'était une nouvelle filière arrivée avec des ouvriers étrangers.

L'abattoir. Alex prit soin de ne pas réagir.

– La question, c'est qui diffuse et qui contrôle, insista-t-il. Et d'où ça vient. L'abattoir, ce n'est qu'un point de livraison ou de rencontre.

– L'essentiel à ce stade, c'est que pour moi, c'est un sujet d'enquête que je n'ai pas envie de me faire piquer, poursuivit le journaliste.

Il s'avança en se penchant en avant

– Donc, si vous acceptez de me dire ce que vous trouvez de votre côté sur le sujet, je vous promets de ne rien dire ni montrer à personne d'autre. Et de ne rien publier avant qu'on soit d'accord. Et si j'entends des choses complémentaires sur le sujet, on en parle. Donnant, donnant. Gagnant-gagnant. OK pour vous ?

Alex commençait à penser que le gamin était plus intéressant qu'il ne lui avait semblé.

Il sourit et tendit sa main ouverte.

– Ça roule.

18

Le portable d'Alex sonna alors qu'il courait pour récupérer sa voiture.

– Dumas, c'est Nuzac, tu m'as appelé ?

– Il paraît que c'est le bordel au port ? C'est Lelièvre qui m'a informé, je l'ai croisé.

Nuzac soupira dans le téléphone.

– Tu l'as dit, oui. Tu connais les pêcheurs. Question de statut. Les gardes à vue, ils aiment pas trop.

– Mais vous avez du neuf ?

Nuzac hésita une seconde.

– Oui. Enfin des choses. Un lien entre la victime et le patron du *Pont-Aven*.

Alex lâcha un « oh » incrédule.

– Entre Nolwenn et le patron du *Pont-Aven*, oui, monsieur. Appels, rencontres. Plusieurs occurrences ces dernières semaines. On a sorti les fadettes des téléphones et commencé à analyser celui de la victime.

Il ne mentionnait qu'un téléphone. Celui de Nolwenn, perso sans aucun doute. Mais ça ne disait toujours pas où était l'autre, celui qu'Alex avait fourni à la jeune femme. Il hésita à poser la question d'un autre appareil mais préféra s'abstenir.

– Il y a aussi des liens entre elle et un marin qui a bossé sur le chalutier. Un Moldave.

Alex se mordit les lèvres avant de répondre.

– Un Moldave ? Il faut que je cherche, j'ai vu dans mes notes d'échanges avec elle un truc sur un Moldave. Je ne sais pas si c'est le même, mais…

– Tu me diras, oui, ça m'intéresse.

– Le patron du *Pont-Aven*, Malzieu, vous lui avez parlé ?

– Il n'était pas là et ne répond pas sur son portable.

Alex ne dit rien. Il connaissait de loin Erwan Malzieu. Un taiseux. Et pas du genre à se présenter spontanément pour collaborer.

– Donc on a du monde en cellule ici, poursuivait Nuzac, on est un peu surbooké, on a même dû prendre l'espace réservé à l'audition des mineurs. Conséquence, sur place, ça s'échauffe. Et il nous manque Malzieu.

Une vibration signalant un double appel, Alex écarta le portable. C'était Laurent Rollet, son copain de la BRI, mais impossible de le prendre. Tant pis, il le rappellerait.

– Tu es toujours là, Dumas ?

Alex sentait que Nuzac était sous pression et par conséquent content de trouver une forme de soutien. Ça tombait bien pour lui.

– Je suis là. Je peux faire quelque chose ?

– Pour l'instant, je ne vois pas. Sauf le nom du Moldave.

La question d'Alex était purement de politesse, car lui se voyait bien des choses à faire. Mais ce n'était ni le lieu ni le moment pour en parler. Il enchaîna.

– Oui, je te récupère ça tout de suite. Je vais repartir vers chez moi. Je passe devant le port. Si besoin que j'y aille, dis-moi.

– OK. Cela semble sous contrôle pour l'instant, mais je te dirai.

Toujours la même réserve cordiale. Nuzac jouait le jeu de la coopération mais n'avait quand même pas trop envie de voir Alex piétiner ses plates-bandes. Ou alors est-ce qu'il se méfie et me soupçonne ? s'interrogea Alex. En tout cas, Nolwenn avait avancé après leur dernier échange et avait bien des nouvelles infos à lui apporter. Était-ce justement à cette étape, en prenant contact avec Malzieu, qu'elle avait commis une erreur et était devenue une cible ?

– Top. Bon courage, dit-il seulement à l'intention de Nuzac.

Il raccrocha et rappela aussitôt Rollet.

– Laurent, c'est Alex, pardon, j'étais en ligne.

– Je t'en prie. Mais je t'aurais rappelé de toute façon. C'est bizarre ton histoire.

– Bizarre pourquoi ?

– Ben parce que Nathan Paluel est un type super, un pro et un mec très bien. Et un copain, donc j'ai pris la liberté de l'appeler pour me moquer de lui.

– Et ?

– Eh bien, j'ai eu l'air d'un con. Le quiproquo total.

– Pourquoi ?

– Parce que Paluel ne t'a jamais téléphoné, mon pote. Il ne te connaît pas et n'avait aucune idée de ce que je racontais.

Alex sentit son cœur battre plus fort.

– Tu es sérieux ? Attends, tu as son portable à Paluel ?

– Oui, bien sûr.

Alex épela le numéro qu'il avait contacté le matin même.

– Négatif, Alex. Ce n'est pas le portable de Paluel, ça. Mais je vais essayer de regarder si je trouve quelque chose à partir de ce numéro. Répète ?

La tête d'Alex tournait pour de bon cette fois.

19

Au lieu de filer directement vers la côte et Saint-Quay, Alex repassa au commissariat retrouver Yves. Alors que son adjoint entrait dans son bureau, il laissa un message au magistrat pour l'avertir de l'usurpation d'identité et un autre à Nuzac avec le nom du Moldave qu'il avait retrouvé dans ses notes : Constantin Russu. Il avait hésité à lancer un signalement à ce nom, mais s'était dit qu'il était plus malin d'en parler d'abord avec Nuzac. En tout cas, il fallait battre le fer pendant qu'il était chaud. Répondre instantanément à sa demande ne pouvait que bien disposer le gendarme à son égard, même s'il n'avait pas été très partageur sur la préparation des gardes à vue en cours.

Alex raccrocha et se tourna vers Yves.

– Bon, ça commence à devenir sport cette histoire. Usurper l'identité d'un divisionnaire pour essayer de me soutirer des infos, celui qui fait ça n'a pas froid aux yeux, quand même.

– C'est dément, oui.

– Je vais voir ce que mon pote à Paris va trouver. Dans l'immédiat, il y a plus urgent. Toi, tu fonces sur le sujet abattoir, mon grand. Loge-moi toutes les installations existantes ou même anciennes d'abattoirs dans le périmètre d'ici à Paimpol, s'il te plaît. Tu me trouves où travaillait le Moldave, qui d'autre y a bossé qu'on connaisse ou qui soit lié de loin ou de près à Kerdec. Et puis essaie de savoir si c'est le même Moldave qui a bossé un moment sur le *Pont-Aven*…

– Ça colle, répondit Yves. Je m'y mets tout de suite.

Il se levait pour partir, mais Alex le retint.

– Yves, je voulais te dire, je sais tout le boulot qu'a le groupe. On est surchargé de partout et je mesure ce que je te demande encore en plus avec cette enquête parallèle…

Le colosse sourit.

– Te fatigue pas, Alex. Y a zéro souci. Je suis là pour toi. Et pour Nolwenn. J'ai la suite de la procédure de flag du quartier des Villages et les surveillances autour de la gare mais t'inquiète pas, on gère, je trouverai le temps. Tu y arrives bien, toi, malgré toute la paperasse que tu te tapes.

Alex sourit en retour. Il était mieux placé que personne pour savoir que chaque fonctionnaire du groupe alignait des horaires exténuants sans compter les heures de nuit passées en planque ou en filature.

– Merci. Bien sûr qu'on va y arriver. En tout cas, sur le dossier Nolwenn, je ne sais toujours pas où on va, mais je pense qu'il va falloir prendre l'initiative. J'en ai marre de dépendre de nos camarades. Si je trouve un deal avec Lelièvre, peut-être qu'on peut aller nous-mêmes creuser un peu plus côté Alan Kerdec. Je cherche le meilleur angle.

– Et s'il n'a rien à voir avec nos affaires ?

– C'est lui que visait Nolwenn, en tout cas. Donc tout ce qu'elle a fait et qu'on ne comprend pas encore, les contacts avec le patron du *Pont-Aven* et ce Constantin Russu, ça doit y mener. Les gendarmes creusent par le bout de la gardav, on peut essayer de faire l'autre bout du tunnel en fouillant sur Russu. Jusqu'à présent, hélas, c'est quand même apparemment bien Nolwenn qui s'approchait le plus de quelque chose de concret.

20

Alex filait en grand excès de vitesse sur la route départementale. Il avait branché le gyrophare mais pas le deux-tons. Les voitures étaient curieusement rares pour cette heure. Il ralentit avant la descente de Binic. Sur la chaussée mouillée, cette partie de la route devenait vite piégeuse.

Un quart d'heure plus tard, il garait sa voiture, gyrophare rangé, sur le parking à côté du port de Saint-Quay et grimpait les quelques marches qui menaient côté professionnels de la pêche. Plusieurs camionnettes de gendarmerie et des effectifs nombreux barraient la route. Nuzac et ses camarades n'avaient pas lésiné. Une colonne de fumée noire montait derrière la criée, se mêlant à la fumée moins épaisse des ateliers.

Si l'activité tourne toujours, c'est que ce n'est pas la guerre, se dit Alex. Ils se testent.

La lumière rouge de deux fusées de détresse passa dans un sifflement joyeux au-dessus des véhicules des gendarmes.

À part peut-être le souvenir des affrontements avec les mineurs désormais révolus, tous les instructeurs au maintien de l'ordre le savaient depuis des lustres : affronter des marins-pêcheurs était avec les dockers ce qui se faisait de plus compliqué et dangereux. Pour ceux qui font un métier aussi dur, le combat de rue est un combat pour la survie comme un autre. Loi de la relativité de la souffrance, pensa Alex.

Il avança, sa carte de police en main. Avisant un des gendarmes qui était présent avec lui à l'autopsie, il le salua et lui dit qu'informé par Nuzac il passait voir s'il pouvait aider, puisqu'il connaissait les lieux.

Le type semblait nerveux mais affirma que tout était sous contrôle. Lorsqu'ils avaient eu vent de l'arrestation de deux des leurs et d'une visite au domicile de Malzieu, le patron du *Pont-Aven*, les pêcheurs s'étaient déchaînés. Des fusées de détresse, des bouteilles lancées, quelques incendies allumés avec des pneus, une brève charge. Alex savait d'expérience que ces choses démarraient et s'arrêtaient parfois aussi vite. Phénomènes irrationnels.

En écoutant le gendarme, Alex évaluait la situation qu'il avait sous les yeux. Une benne à ordures achevait de se consumer, dégageant une fumée grise et rendue plus âcre par l'eau et la mousse déversées dessus. La tension était toujours là, palpable, dans les attitudes des marins éparpillés sur les pontons. Ils s'étaient rapprochés de leurs bateaux, abandonnant l'espace devant la criée, le quai de débarquement, là où les affrontements avaient eu lieu.

Faisant un signe de remerciement au gendarme, Alex avança sur le quai. L'odeur de brûlé était plus forte. Il avait atteint l'angle du bâtiment et allait rebrousser chemin quand une ombre apparut dans le coin de son champ de vision, sur sa gauche. Une silhouette qui se penchait par l'embrasure de la porte de la chambre froide puis s'était rabattue en arrière quand Alex avait surgi.

Il recula d'un pas, compta jusqu'à quatre puis avança de nouveau. La silhouette était ressortie de sa cachette et longeait à présent le mur dans la direction opposée. Il le voyait bien maintenant. En jean, pull marin et bottes, même de dos, l'homme était reconnaissable. Alex se lança à sa poursuite. Il gagna dix mètres aisément. Mais le bruit de ses pas alerta Malzieu qui jeta un bref coup d'œil en arrière puis abandonna son allure furtive pour détaler à toute vitesse.

– Arrête-toi, cria Alex.

Insensible, l'autre accéléra et sauta sur le môle, commençant à escalader avec une aisance remarquable pour sa corpulence les énormes blocs de roche qui protégeaient le port des tempêtes hivernales.

Alex le suivait à vingt mètres.

– Déconne pas, Malzieu, arrête-toi !

Alex n'entendait pas de bruit derrière eux. Le vent orienté au nord devait couvrir sa voix. Il ne pouvait compter que sur lui-même.

Le pêcheur disparut devant lui au moment où il basculait depuis le sommet de l'amoncellement de rochers sur le versant qui descendait vers la mer. Alex manqua de glisser, se rattrapa d'une main et serra les dents.

Lorsqu'il déboucha à son tour au sommet, il vit de nouveau Malzieu qui sautait, tout près d'atteindre la plage découverte à marée basse. Il se maudit de n'avoir pas pris un talkie en arrivant au port pour garder le contact et alerter les gendarmes. La rixe était peut-être un stratagème pour permettre au patron du *Pont-Aven* d'échapper au dispositif en se glissant dans la chambre froide. Alex sortit son portable en continuant à dévaler les rochers. Il appuya sur la touche pour composer le dernier numéro appelé : Yves.

– J'ai Malzieu, je le course sur la plage de la Comtesse. Préviens les gendarmes.

Sans attendre de réponse, il raccrocha au moment où il atteignait la plage à son tour. Sur le plat, Malzieu avait repris un peu de terrain, mais il était beaucoup plus lourd et moins sportif que lui. Alex accéléra, grignotant mètre par mètre tout en se positionnant vers le haut de la plage, pour empêcher sa cible de repiquer en direction de la ville.

Ils approchaient de l'île de la Comtesse, accessible à pied à marée basse.

Malzieu sembla hésiter à bifurquer vers les maisons et à affronter Alex, ou à poursuivre dans ce qui était un cul-de-sac. La plage s'achevait au niveau du grand escalier de ciment blanc qui permettait normalement de gagner le haut de la falaise depuis la plage. Mais les tempêtes l'avaient endommagé, et il était impraticable.

Alex n'avait plus que quinze mètres de retard.

Au dernier moment, Malzieu choisit l'escalier. Ça devenait très risqué. Fragilisée, la structure menaçait de s'effondrer à tout moment.

Malzieu dégagea d'une seule main la barrière qui interdisait l'accès, la jeta derrière lui pour embarrasser son poursuivant et s'engagea dans la volée de marches. Alex évita la barrière. Il souffrait mais gagnait du terrain. Il n'était plus qu'à cinq ou sept mètres quand, dans un craquement effrayant, Malzieu disparut devant lui. La base de ciment venait de céder, engloutissant le pêcheur. Alex s'arrêta net et baissa les yeux. Accroché d'une main à un ferraillage qui sortait du béton brisé, Malzieu le regardait, terrorisé.

– Ta main, donne ton autre main ! cria Alex.

Malzieu fit un effort surhumain pour faire traction et remonter sa main gauche devant la droite qui tenait le fer à béton. Alex se pencha et l'attrapa puis commença à tirer doucement en s'efforçant de ne pas prendre appui sur la dalle à l'endroit où elle avait cédé. Il progressait, centimètre par centimètre. Quinze mètres plus bas, les rochers attiraient son regard. La douleur irradiait de son épaule jusqu'au poignet. Malzieu devait peser dans les quatre-vingt-dix kilos. Une paille.

Un bruit de cavalcade derrière lui signala l'arrivée des gendarmes. Il soupira. Ne pas relâcher l'effort.

– On va y arriver, dit-il à l'intention du pêcheur, les renforts sont là.

Dans les yeux bleu clair de celui-ci transparaissait de la peur brute.

Deux gendarmes l'encadrèrent tout à coup et lui prêtèrent main-forte. Quelques instants plus tard, Malzieu reprenait le chemin du port, épaules voûtées, mains menottées, ses pas laissant des empreintes lourdes sur le sable humide. Ce qu'il avait tenté était à la fois dérisoire et absurde, même si sans la présence d'Alex le subterfuge initial aurait pu marcher.

De retour sur le sable, l'escorte de Malzieu bifurqua droit vers le parking au-dessus de la plage où un dispositif de plusieurs voitures était prêt à filer directement vers Saint-Brieuc. Alex regarda les pêcheurs debout en ligne sur le môle. Immobiles, ils contemplaient la scène. C'était sans doute une bonne idée de ne pas repasser devant eux avec Malzieu.

Alex continua tout droit avec les autres gendarmes. Ils remontèrent la cale au bout de la plage et avançaient ensemble jusqu'à la limite des véhicules quand un groupe de trois pêcheurs parmi ceux qui s'étaient positionnés sur le môle se dirigea brusquement sur eux. Le cordon de gendarmes venant de la criée se rapprochait en parallèle, les trois groupes convergeant soudain dans un espace réduit. Alex se retourna et fit face aux trois hommes. Malgré son mètre quatre-vingts, il rendait plus de dix centimètres à deux d'entre eux et trente kilos à chacun.

– T'es pas aux Stups, toi ? Et flic ? Qu'est-ce que tu fous là ?

– Y en a marre de ces histoires, gronda le plus râblé. On nous pourrit sur tout. Nos collègues partent en cellule et maintenant, on va nous poser de la dope sur les pontons, c'est ça ? Et nous courser sur les plages ? Mais vous avez quoi dans la tête ?

– Vous la connaissez, notre vie ? On risque notre peau tous les jours pour se faire traiter de voyous par des ronds-de-cuir.

– Payés avec nos putains d'impôts !

Ils tournaient en boucle, dans la spirale classique de la surenchère où le plus petit des trois avait décidé de jouer gagnant.

Alex fit un pas en avant.

– On se calme. On ne pose pas des questions sociales ici, on ne négocie pas les salaires. Je vous rappelle qu'une femme est morte découpée par un ou des barbares. Qu'elle ait été trouvée sur le *Pont-Aven* ne veut rien dire de plus mais rien de moins. Alors, oui, toutes nos questions sont légitimes. Gardez votre indignation pour de vrais sujets. Sa vie à elle, à cette femme, vous ne la connaissez pas. Moi si. Elle était pas facile non plus. Alors avant de regretter d'ouvrir trop grandes vos gueules, réfléchissez deux minutes.

Le silence revint.

Alex fixait le plus petit qu'il sentait bouillir sur place. Un de ses deux collègues fit un mouvement d'épaules en arrière comme pour se retirer, ranimant la flamme de son collègue. Le petit rugit de plus belle :

– Je te connais, tu plonges ici, toi. Tu viens sur les pontons. Mais là, t'as ton flingue et t'as mis ton brassard. Et tu chopes nos collègues !

Il parlait plus fort en pointant le brassard rouge police qu'avait enfilé Alex en sortant de la voiture.

– Mais t'es qui en fait ?

Alex sentait l'énervement le gagner. Il devait se contrôler.

– Je te connais aussi, Colas. On a plongé ensemble l'été dernier quand tu préparais ta classe 1B. Tu te souviens ?

Moi oui. Alors on est deux plongeurs, un pêcheur et un flic. On n'en fait pas des caisses. Malzieu, on a des questions à lui poser, c'est tout. C'était débile de se barrer, et ça aurait pu mal finir quand il s'est cassé la gueule.

Il sentait dans leur regard que son intervention pour sauver Malzieu était peut-être ce qui avait empêché une explosion de colère plus forte. Ils avaient eu peur pour lui. Mieux valait quand même être en garde à vue qu'à la morgue. Pragmatisme des gens de mer.

– Tu retournes travailler, moi aussi, et tout va bien, conclut Alex. Je te souhaite une bonne journée.

– Et nos collègues ?

Sa voix était un peu moins virulente.

– J'ai pas d'info, et tu l'as dit, je suis pas en charge. Mais n'oublie pas un truc. C'est un assassin qu'on cherche ici. Pas un bouc émissaire.

21

Alex récupéra sa voiture et reprit sirène hurlante la route de Saint-Brieuc. Il avait prévu de rentrer chez lui, mais il estimait à présent que la capture de Malzieu, que les gendarmes auraient laissé filer sans son aide, lui offrait des droits supplémentaires. Au moins celui d'assister à l'interrogatoire. Et plus si affinités.

Il se gara en face de la caserne, devant un petit restaurant qui servait de cantine aux gendarmes et où il était venu quelques fois, s'identifia et fila droit au bâtiment des affaires générales.

Nuzac était dans son bureau. Il cogna au chambranle, et l'adjudant leva les yeux de son dossier. Il préparait visiblement les auditions.

– Tu vas finir gendarme, toi, fais gaffe.

Alex lui rendit son sourire.

– T'inquiète pas. Je t'enverrai la facture.

– Tu t'es pas fait mal ?

– Non, mais on a eu chaud. Tes camarades t'ont raconté nos échanges avec les pêcheurs après l'interpellation ?

– Oui, classique. Mais chaud effectivement. Merci en tout cas. Bon boulot. Et merci pour le nom du Moldave. Apparemment, c'est bien le même. Un type qui a fait plusieurs boulots, pêche, abattoir, culture. Jamais trop longtemps. Et maintenant, il s'est évanoui dans la nature, on sait pas du tout où. Peut-être même plus ici en France.

On n'a pas de traces récentes. Je vais faire une notice de recherche.

Alex se félicita intérieurement de ne l'avoir pas devancé.

Le gendarme lui fit signe de fermer la porte derrière lui.

– Pour le reste, poursuivit Nuzac, on n'a *a priori* pas d'ADN inconnu sur Nolwenn Hubert ni sur le bateau, même s'il y a des analyses dont on attend encore le retour. En procédures urgentes. Ce ne serait pas surprenant qu'on retrouve l'ADN de quelques-uns des militants verts en plus des pêcheurs. Ce qui ressort des auditions, c'est que le *Pont-Aven* a servi principalement de base arrière pour du matos d'agitateurs écolos. Ils devaient se faire payer un peu, probablement. Enfin des broutilles. Peut-être que ça « contrebandait » un peu de shit aussi. À la limite, c'est plus ton rayon que le mien, on en reparlera, mais c'est pas le sujet. Nolwenn Hubert, l'Italien la connaît pas. Aucun lien. Par contre, le matelot qu'on a arrêté sur le *Pont-Aven*, oui, mais c'est elle qui est venue vers lui, via son patron, dit-il. Pour lui parler du Moldave, là, celui dont tu m'as donné le nom. Elle essayait de le retrouver. Reste Malzieu. Grâce à toi, on va pouvoir lui poser nos questions.

Nuzac hésita un instant et poursuivit :

– Il y a autre chose. J'hésite pour la gestion de sa garde à vue et l'interrogatoire…

– T'as besoin d'aide ?

Alex avait senti l'ouverture possible. Ne jamais rater une occasion d'avancer ses pions. Il était là pour ça. Il avait une bonne partie de l'après-midi disponible. C'était prioritaire. Et il était à la manœuvre.

– Comme observateur, je veux dire. Si tu veux que je vienne jeter un œil ou lui parler…

Nuzac avait l'air soulagé.

– Ça serait bien, parce que je veux gagner du temps. C'est pas super orthodoxe, mais j'ai posé la question au juge et si c'est une demande d'assistance venant de moi, ça ne le gêne pas. La vérité, c'est que Malzieu a spontanément parlé de toi tout à l'heure quand on l'a installé dans la salle d'audition. Là, on le laisse mariner un peu avant de commencer à l'interroger. Mais je me dis… Il t'a davantage à la bonne que nous, je crois.

– Je te rappelle que je viens de lui sauver la vie quand même.

Ils sortirent ensemble du bureau et se dirigèrent vers la salle d'audition. Malzieu était assis sur le fauteuil sur lequel il avait lui-même assisté à l'autopsie de Nolwenn. Alex s'installa en face de lui. Nuzac se tenait sur la gauche.

– Ça va ?

Malzieu le regardait d'un air chafouin.

– Oui, j'ai vu un médecin, dit-il d'un ton calme.

Puis il s'anima soudain.

– Qu'est-ce que je fous là ?

– T'as pas compris encore ? On trouve un cadavre sur ton bateau. On fouille un peu et on voit que tu connais la victime. Que tu lui parles. Ça interroge, non ? Eh ben voilà, Malzieu. On est comme tout le monde, nous. On a besoin d'explications, de fermer des pistes.

Le marin remua un peu sur sa chaise en grommelant. Il tira sur la menotte au poignet qui le raccrochait au plot rempli de sable.

– Pourquoi tu t'es barré ? poursuivit Alex. C'est con de se barrer. Un mec vu de dos et qui court, il a toujours une gueule de suspect, tu vois.

– Je me barrais pas.

– Me prends pas pour un con.

– C'est des trucs chez moi que je voulais virer.

Alex sourit intérieurement. Un point marqué. Malzieu passait tout de suite sur du crédible. Un bon signe.

– Des trucs ?

– J'ai un fusil ou deux. Un fusil à pompe. Je voulais pas qu'on me les pique.

Le jeu de la demi-vérité. Tellement banal. Malzieu avait donné une vraie raison en avouant qu'il cachait des trucs et essayait maintenant de les embrouiller sur ce qu'il cachait. Mais contrairement à ce qu'il pensait, Alex ne s'y intéressait pas. Que ce soit de l'argent ou quoi que ce soit, ça n'avait rien à voir avec l'affaire.

Il poursuivit sur les relations de Malzieu et de Nolwenn. Elle l'avait contacté à propos d'un jeune pour qui elle cherchait du boulot. Il l'avait pris, d'ailleurs. Puis elle était revenue vers lui à propos d'un Moldave. Elle le cherchait.

Malzieu corroborait ce que disait son matelot.

– Elle a parlé d'un type qui s'appelle Alan Kerdec ?

Malzieu se referma comme une huître. Il hocha la tête, mais ajouta qu'il ne savait rien sur Kerdec. Alex aurait juré que ce n'était pas vrai et qu'il mourait de trouille.

Alex changea d'angle d'attaque et l'interrogea sur l'Italien ainsi que sur les associations environnementales. Malzieu essaya de noyer le poisson. Oui, il connaissait cette sphère et, oui, il avait vu l'Italien une fois ou deux. Il avait accepté de prendre certains militants à bord ou de leur prêter du matériel, mais c'était par gentillesse et par convictions anti-éoliennes.

– C'est pas interdit, ça, de prendre des civils sur un armement de pêche ?

– Fais pas chier, Dumas, dit Malzieu.

Alex ouvrit les bras en souriant.

– Ben, je sais pas moi, je te fais chier avec Kerdec, je te fais chier avec les écolos. Tu veux qu'on parle de quoi qui te fait plaisir ? Tiens, t'étais où le soir du meurtre ?

– Chez moi, avec ma femme et les enfants. On a regardé la télé.

– Quoi à la télé ?

– *Koh-Lanta*.

– Tu te souviens de ce qui s'est passé, de qui a été éliminé ?

Malzieu semblait tout à coup plus serein. Comme si ce terrain le rassurait. Comme s'il avait quitté la zone d'inconfort où l'évocation de Kerdec lui avait fait mettre un pied.

– Tu te souviens des pubs qui sont passées ? Des bandes-annonces ?

– Je me souviens de tout, dit-il d'un ton clair.

– Eh bien, tu vas nous raconter.

22

À dix-sept heures trente, Alex descendait le chemin conduisant chez lui. Bien que fatigué, il avait encore pas mal de travail. Des P-V à relire, des écoutes arrivées sur son ordinateur à décrypter sur d'autres affaires. La surveillance de la gare avait donné lieu à de nouvelles découvertes sur un réseau qui faisait transiter de la drogue acheminée à la gare routière. Le dossier entrait dans une phase plus active, et il fallait préparer les prochains actes à faire. Des affaires comme celle-là s'étalaient sur des mois. Comme celle du quartier des Villages que supervisait Yves. Le Covid avait tout déstabilisé, changé toutes les habitudes, rendus plus solitaires peut-être ceux qui tendaient déjà à l'être, pensa-t-il. Le virus n'avait en revanche rien modifié des cadences et de l'embouteillage des dossiers qui s'empilaient sur les tables des groupes PJ. À chacune des trois réunions hebdomadaires du groupe d'Alex, on passait en revue toutes les procédures administratives à tenir et à nourrir sur des dossiers en cours ou bouclés mais qui poursuivaient leur parcours judiciaire. Sans compter les réquisitions judiciaires complémentaires qui pouvaient tomber à tout moment et venaient alimenter le flux. Mais le groupe avait moins le temps de se voir, chacun bossant une bonne partie du temps chez soi. Ce qui ralentissait tout.

La maison était vide encore. Alex avait une heure devant lui pour bosser avant le retour des enfants.

Reconstituer la cellule familiale : le plaisir de l'avant-week-end, quand les enquêtes ou les permanences ne s'en mêlaient pas. Mairead était partie à Landerneau pour accrocher une de ses toiles dans une exposition de jeunes artistes organisée par la prestigieuse fondation Leclerc et ne rentrerait que dans la soirée. Ils avaient prévu de la visiter le samedi après-midi avec les enfants qui avaient cours le matin, puis d'aller pêcher le dimanche et de profiter des grandes marées dans les îles. Il regarda l'horizon. Le temps était incertain, mais Sean et Iona attendaient cela avec tant d'impatience. À cet instant, il aurait voulu déposer temporairement le sac de tension du dossier bancal qui l'obsédait. Un moment de lassitude. Alex connaissait les symptômes et le remède. Se poser une minute. Laisser retomber la pression qui provoque ce genre de découragement passager. Et suscite le type d'envie un peu absurde qu'on ne peut faire disparaître d'un claquement de doigts même si on le sait, qu'elles sont absurdes. Ces envies de l'enfance : faire que le lundi de la rentrée des classes n'existe pas, que l'interro du samedi soit annulée. Que mon père appelle et que nous nous entendions bien… Alex ferma les yeux pour arrêter ça. Un effet de la fatigue. Stop. Rien de tout cela n'était possible, et il le savait très bien.

Il se fit un thé noir, s'assit à sa table et ouvrit son ordinateur.

Difficile de chasser les images et les idées de la journée. Au-delà d'un genou qui lui faisait un peu mal, il se remémorait la fin de son interrogatoire à la gendarmerie. Les conclusions étaient claires : primo, Malzieu avait un alibi en béton. Il était en famille, il se souvenait de tout et avait fourni des détails qui prouvaient qu'il était bien chez lui à l'heure du crime. Deuzio, c'est bien pour chercher le Moldave que Nolwenn avait contacté le patron de pêche. Donc retrouver le Moldave était la priorité. Il nota qu'il devait faire le point le plus rapidement possible avec Yves sur ses recherches concernant les abattoirs. Ce n'était peut-être qu'une coïncidence, mais les armes du crime ressemblaient vraiment trop aux outils de travail qu'on y utilisait. Tertio, Malzieu n'était pas clair sur les écolos, pas plus que sur Kerdec. Concernant ce dernier, il crevait de trouille. Chaque fois qu'Alex avait réattaqué le sujet par un nouvel angle, il s'était heurté au même mur.

Il travaillait depuis quarante minutes, regardant chaque fois qu'il levait les yeux le ciel face à lui se charger de gros nuages blancs et bas qui rendaient par contraste la mer plus sombre, lorsque le téléphone sonna.

– Dumas, c'est Nuzac. Pardon, je te rappelle tard. Je débriefais avec l'équipe. On essaie d'aller vite. Bilan des courses, je confirme ce qu'on se disait tout à l'heure : je vais pas tarder à lever les gardes à vue pour faire retomber la tension sur le port. Dans la soirée, je pense. Mais on garde tout le monde sur écoute. On balise un peu les voitures. On interroge autour. On laisse mijoter, quoi. On creuse surtout le lien Kerdec-Malzieu. Et si on mettait la main sur le Moldave, ce serait bien.

Alex pensa qu'ils étaient raccord.

– Excellent. Bon boulot. Tu fais descendre l'info de la levée des gardav via la presse ou par le comité des pêches ?

– Je vais faire appeler le comité. Qu'on calme le jeu.

– Merci, Nuzac, pour l'info, c'est sympa.

– Merci à toi, l'interrogatoire était bon.

Alex pensa tout à coup au film de Romain.

– Il faudra aussi que je te redise un mot de tes copains des AffMar, dit-il seulement, mais on se parle de ça dans le week-end ou lundi, si ça te va ? J'ai peut-être du neuf, une piste à leur donner. Repose-toi un peu d'ici là.

– Ça marche. Bon week-end à toi si t'arrives à en voler un bout.

T'inquiète pas pour ça, mon ami, songea-t-il en raccrochant.

Avant de se remettre à ses dossiers, il adressa un mail au directeur départemental pour solliciter un rendez-vous urgent. Lelièvre avait raison. Alex devait avant tout lui parler. Puis sur cette base, aller voir les AffMar via Nuzac pour leur remettre le film de la plongée. Ce morceau-là ne concernait *a priori* en rien l'assassinat de Nolwenn, mais l'erreur de manipulation de Romain qui permettait de disposer du troisième film et de la preuve du bateau mystère sur place fournissait peut-être un élément capital dans le dossier de la disparition de Marco. Il fallait absolument qu'ils enquêtent en tenant compte de cet élément. La présence de quelqu'un d'autre sur zone. Ça changeait complètement le dossier. Ce n'était plus l'histoire d'un accident idiot provoqué par le fait que le type était seul en mer à cet endroit cette nuit-là. C'était même tout l'inverse. Si un deuxième bateau était présent, il y avait dix mille autres possibilités. Le seul problème était que les Affaires maritimes n'étaient pas réputées pour leur largesse d'interprétation du règlement. Pour l'instant, l'enregistrement n'existait pas. Il allait devoir la jouer finement pour les convaincre d'accepter de prendre en compte un élément que Romain leur avait d'abord dissimulé et que lui-même avait récupéré de manière peu orthodoxe. Le seul moyen était de jouer cartes sur table.

Un bip signala un mail reçu.

Stupéfait, Alex lut la réponse du directeur. Moins de douze minutes s'étaient écoulées. Soit Lelièvre lui avait parlé, soit le truc était encore plus incroyable qu'il le pensait. On piratait le nom d'un ponte du 36 et maintenant le directeur départemental lui donnait rendez-vous en un instant...

Il se passait trop de choses bizarres autour de ce dossier. Trop de choses qui n'avaient peut-être aucun lien entre elles, mais donnaient corps à ce qui pouvait de l'extérieur ressembler à un début de paranoïa de sa part. Quelqu'un avait bien piraté l'identité du commissaire pour essayer de se rencarder sur ce qu'il faisait et cherchait. Et à présent la hiérarchie trouvait aussi son enquête tellement importante qu'il avait son rendez-vous dans la minute et non pas trois semaines après comme dans n'importe quel cas banal.

Il écarquilla les yeux.

Le rendez-vous était bien fixé soixante-douze heures plus tard : lundi à dix-huit heures.

Le monde ne tournait décidément plus comme avant cette putain d'épidémie.

23

Le lendemain, en fin de matinée, la lumière commençait tout juste à gagner en intensité, la couverture de nuages se déchirant peu à peu. Alex quitta la maison silencieuse. Mairead était partie faire le plein des courses pour la semaine. Tout en enfilant un pull à capuche gris, il remonta d'un pas ferme vers le parking où il avait laissé sa voiture. L'angle des rayons faisait scintiller les flots et les dorait d'un éclat féerique. Il déverrouilla la voiture et baissa le pare-soleil pour ne pas être ébloui. Il fallait cinq bonnes minutes pour rejoindre la petite école de Plouha où les deux enfants étaient scolarisés. Alex se gara sur la place à cinquante mètres et s'engagea dans la rue. Les portes étaient déjà ouvertes, et le ballet réglé des parents et de leur progéniture se déroulait, banal et rapide, les adultes pressés de rentrer, les enfants continuant à jouer, les uns et les autres, la plupart masqués, se croisant miraculeusement sans se heurter.

Alex s'arrêta sur le seuil et chercha ses enfants des yeux.

Comme il ne les voyait pas, il s'approcha de la directrice. Quand elle le remarqua, elle fronça les sourcils.

– Vos enfants ne rentraient pas à pied, aujourd'hui ?

– Non, je devais passer les prendre comme tous les samedis.

Une jeune femme intervint, discrète.

– Pardon, vous êtes bien le papa de Sean et de Iona ? Ils avaient oublié que vous veniez, je crois, ils partent souvent seuls...

Alex sentit son humeur s'assombrir. Il remercia la maman qu'il ne connaissait pas et se dirigea à pas rapides vers la sortie de l'école. Son téléphone sonna :

– Papa ?

– Sean !

Il avait presque crié. Il posa sa main sur l'oreille opposée pour mieux entendre.

– Sean, où es-tu ?

– Devant la porte, Papa.

– Devant la porte ?

– Oui, on n'a pas écouté le monsieur...

– Quel monsieur ?

– Celui qui était sur la route. Qui travaille avec toi.

Le cœur d'Alex se mit à battre la chamade.

– Et ta sœur ?

– Elle est là. Elle a faim et elle boude.

– Non, je boude pas ! cria la petite fille.

– Si !

– Sean, reprit Alex. J'arrive. Ne bougez pas. Tu m'entends ? Et ne raccroche pas, on reste en ligne.

Il partit en courant à toutes jambes jusqu'à sa voiture. Démarra en branchant le deux-tons et traversa Plouha beaucoup trop vite.

Il pila en arrivant sur le parking, bloquant presque les roues et se jeta hors du véhicule, dévalant le chemin et manquant dix fois de tomber sous l'effet des cailloux humides qui roulaient sous ses baskets.

Quand il aperçut les enfants, il eut du mal à masquer le soulagement qui le submergea. Il les attrapa pour les serrer contre lui.

– Mais qu'est-ce qui s'est passé ?

– On avait un peu oublié, Papa, dit Sean, je suis désolé. Par contre, j'ai pas oublié qu'on ne montait pas dans une voiture même si le monsieur a l'air gentil.

Alex eut l'impression que le sol s'ouvrait sous ses pieds.

– Qu'est-ce que tu veux dire ?

– Il y avait un monsieur en haut, il nous a demandé si tu étais là. On est passés sans rien dire et on est descendus. On a pas été polis.

Il les pressa devant lui. Ils rentrèrent. Il verrouilla la porte, ce qu'il ne faisait jamais.

– Je suis très fier de vous. Je vais m'occuper du déjeuner.

Il se dirigea vers la cuisine, les enfants le suivant en sautillant.

– Qu'est-ce qu'il a dit d'autre, ce monsieur ? poursuivit Alex.

– Juste que c'était ton collègue et qu'il voulait savoir si tu étais là.

– Il était comment ?

Ils haussèrent les épaules. Ils n'en savaient rien. Un « monsieur ». Il serait temps d'y revenir plus tard.

– OK. OK.

Alex se sentait oppressé. Les enfants couraient déjà vers leurs chambres. Insouciants, pour jouer en attendant que le déjeuner soit prêt. L'événement s'était déjà dissipé pour eux. Il n'avait sans doute jamais vraiment existé. Lui refusait pour sa part de penser au lien possible avec l'assassinat de Nolwenn. Et si ceux qui l'avaient tuée avaient découvert que la jeune femme et lui travaillaient ensemble en marge des procédures officielles ? Il serra les poings contre ses yeux fermés. Ne pas laisser la panique ou les fantasmes s'infiltrer dans son esprit.

Il appela Mairead et lui raconta brièvement ce qui s'était passé. En essayant d'être clair, mais sans dramatiser.

– Tout va bien, toi ?

– Oui, oui.

Elle était troublée. Cela s'entendait dans sa voix.

– Je vais bientôt rentrer. J'étais sur le parking du supermarché. J'ai fini les courses. J'arrive dans vingt minutes.

– OK. Je lance le déj. On t'attend pour manger.

Puis il contacta Yves et lui fit le même récit, sans pourtant retenir ses doutes et sa colère comme il l'avait fait avec sa femme.

– Je vais prévenir les équipes. Qu'on envoie des gens vers chez toi tout de suite. La voiture, ils l'ont vue ?

– Non, rien d'exploitable. Une voiture comme toutes les voitures, un monsieur comme tous les messieurs. Barbu, cheveux sombres. Ça ne dit pas grand-chose. Bizarre quand même ce truc. Et flippant. Je ne crois pas aux coïncidences.

– Tu veux que je vienne ?

– Non. T'inquiète pas. Je t'appelle si besoin. Merci, Yves.

– Pas de problème. N'hésite pas. Bonne journée, Alex, et à demain.

Alex était dans le salon quand Mairead rentra.

Il l'avait suivie sur l'application de localisation familiale qu'ils utilisaient. Il se leva et vint à sa rencontre. Ils s'étreignirent longuement. Puis elle se recula.

– Je vais les voir, dit-elle doucement.

Elle jeta son manteau sur le canapé et se dirigea vers les deux petites chambres. Les enfants jouaient dans celle de Iona, et Alex les entendit rire puis le bruit des baisers.

Mairead revint vers lui, le regard inquiet.

– C'est incroyable cette histoire. Tu as dû avoir peur.

– Oui. Ce n'est sans doute rien, mais je l'ai signalé quand même. Il y a des procédures particulières pour ça...

Il s'arrêta pour ne pas dire : depuis ce qui s'est passé dans plusieurs endroits dont Magnanville. Des flics agressés, assassinés, chez eux.

– Je parlerai à l'école demain, dit-il simplement. Ils doivent être plus attentifs. C'était prévu que je vienne les chercher.

Mairead approuva de la tête, mais elle semblait à demi convaincue.

– Oui, cela dit, c'est vrai qu'ils rentrent souvent seuls...

– On va s'organiser.

– Alex ? reprit Mairead.

Elle avait parlé d'une petite voix.

– Oui ?

– Qu'est-ce qui se passe dans ton boulot ?

Il lui raconta les événements de la veille dont il n'avait pas eu le temps ni l'envie de lui parler le vendredi soir quand elle était rentrée, tard, fatiguée et excitée par l'exposition. Au fil de leur conversation transparaissait de nouveau ce qui le gênait le plus : le sentiment lancinant qu'on les surveillait, lui et Yves, tout en cherchant à les décourager de poursuivre leurs recherches. Les questions de Lelièvre ne le quittaient pas : qui pouvait être au courant de leurs enquêtes officieuses et pourquoi gênaient-elles ?

– Et pour ce week-end ? demanda Mairead. On annule ?

– Rien du tout. On n'annule rien. On fait tout ce qu'on avait prévu. Tous les quatre.

Elle s'efforça de lui sourire.

– OK.

La sonnerie du minuteur qu'il avait branché pour surveiller la cuisson des pâtes retentit tout à coup.

La théorie des compartiments étanches encore : ne pas laisser les soucis prendre le contrôle du cours des choses et tout teinter de leurs lumières fades et angoissantes. Les enfermer plutôt derrière une porte épaisse. Verrouiller celle-ci et jeter la clé par-dessus bord. Pas pour toujours. Mais jusqu'au lundi matin au moins.

24

Ils roulaient depuis trente minutes en direction de Brest. Il n'y avait pas de circulation sur la nationale. Le temps clair du départ semblait rayonner également plus à l'ouest. Tout en conduisant, Alex surveillait du coin de l'œil l'attitude de Mairead. À l'arrière, les enfants partageaient les écouteurs d'un livre audio. Ils n'avaient pas bien compris où ils allaient, rechigné à la perspective d'un trajet en voiture. Classique. À présent, ils semblaient passionnés, plongés dans leur histoire. Ils passèrent un panneau indiquant Landerneau. Ils seraient sur place à quinze heures.

Alex adorait voir sa femme devant ses tableaux. Dans le cadre d'une exposition, le public traversant la salle, elle n'avait plus le visage qu'elle offrait dans son atelier tandis qu'elle travaillait. Toute l'assurance et la force créatrice qu'elle affichait dans son antre faisaient place à une concentration tout autre, aussi intense mais bien moins confortable, cherchant à capter chez chacun l'effet produit par la toile.

– J'espère qu'ils n'auront rien bougé, dit-elle comme si elle lisait dans son esprit. Mais tu sais, j'ai eu chaud, j'ai failli me retrouver presque en lumière du jour, incontrôlable, et à côté d'une toile qui me ressemble si peu.

Elle rechignait à se plaindre, mais Alex imaginait sans peine combien elle avait dû prendre sur elle pour infléchir les choses sans paraître jouer les divas. Cette expo collective était une étape importante pour elle au moment où sa notoriété croissante lui permettait de développer ses ventes à la fois en Écosse, en Angleterre et en France. Des projets circulaient. Sa dernière série sur la mer, des lumières presque figuratives, avait ouvert de nouveaux horizons.

Ils arrivèrent à Landerneau et se garèrent au petit parking en face de l'ancienne usine qui avait été réaménagée en espace d'exposition. Les enfants commençaient à s'exciter. Alex laissa Mairead aller devant et en prit un par chaque main pour assurer le calme.

– C'est lequel le tableau de Maman ? demanda Iona.

– On n'est même pas entrés, bécasse, répliqua Sean.

– Eh oh, doucement, toi, le gronda son père. Vous vous taisez.

Un instant plus tard, ils étaient doctement arrêtés devant la grande toile. Restée au fond de la salle, Mairead ne bougeait pas.

Sean déchiffra à mi-voix le cartouche qui présentait l'œuvre et l'artiste. Plus il lisait et plus il s'excitait. Alex se retourna vers Mairead et lui sourit.

Elle lui dirait encore qu'il était ridicule d'être si fier, mais il sentait entre eux quatre à cet instant quelque chose de si fort qu'il lui semblait que les couleurs de la peinture rayonnaient sur eux, les nimbant d'un halo qui était leur arc-en-ciel personnel.

Le lendemain, ils se levèrent tard, et Yves les rejoignit en fin de matinée. Le ciel s'était éclairci, et le vent était tombé, validant le projet initial de pique-nique-pêche dans les îles. Ils chargèrent les glacières dans le bateau et se mirent en route vers midi. Un soleil doux faisait briller les îles découvertes par la grande marée. Ils mouillèrent dans une crique en prenant garde de ne pas se faire piéger par le retrait de la mer et descendirent, marchant dans l'eau fraîche pour s'installer à l'abri du vent d'ouest sur une grève orientée au sud. Des dauphins jouaient face à eux dans le courant. Les enfants poussaient des cris chaque fois qu'une nageoire dorsale sortait de l'eau. Ils couraient en tous sens pour essayer de deviner où ils allaient surgir de nouveau. Yves se prenait au jeu, géant bonhomme entre les deux lutins. Assis en retrait, Alex et Mairead les regardaient avec plaisir. Puis Alex alluma un feu sous une grille pour faire cuire le déjeuner. Ils passèrent ainsi quelques heures, dans la douceur paisible d'une sorte d'été indien qui soufflait dans la tête d'Alex une petite musique qui disait que tout était calme désormais, revenu à la normale.

Il s'éclipsa deux heures pour aller plonger en solo, Yves jouant les pilotes. Au retour, en rangeant toutes les affaires, tandis que le froid s'intensifiait à mesure que la marée remontait, grignotant peu à peu leur royaume marin éphémère, et qu'une brise se levait en tournant au nord, Alex pensa que c'était à cela que devait ressembler le chant des sirènes. Quelque chose dans l'air marin qui ôtait toute peur et tout sentiment de danger et véhiculait l'idée périlleuse que la mer était un élément doux et protecteur. Il ferma le dernier sac à dos. C'était une bien belle illusion, et elle permettait de puiser des forces et de se reposer. Mais une illusion tout de même. Dont la leçon ultime était la même que pour toutes les drogues : gare à la descente, au moment où l'on baisse la garde.

25

Alex avait soigné sa tenue pour son rendez-vous avec le contrôleur général, directeur départemental de la Sécurité publique. Sans aller jusqu'à la cravate, mais il était rasé de près, en chemise, veste et pantalon de toile. À l'heure dite, en fin d'après-midi, alors que la lumière commençait à décliner lentement sur la ville, il monta par l'escalier au dernier étage du commissariat. La secrétaire aimable l'installa dans une petite salle d'attente meublée avec simplicité.

Il était assis depuis à peine trois minutes quand la porte capitonnée s'ouvrit, laissant apparaître le directeur. Cheveux en brosse, maigre et souriant, il fit signe à Alex d'entrer.

– Bonjour, Dumas, on vous a proposé un café, autre chose ?

– Rien, merci, déclina Alex.

Il pensa qu'ils devaient avoir cinq ans de différence, pas davantage.

– Vous habitez au bord de l'eau, non ?

Il hocha la tête. Les fiches étaient bonnes.

– Je navigue aussi dès que je peux, poursuivit le directeur. Votre choix m'a rendu un peu jaloux, j'avoue. J'ai eu aussi la note sur l'histoire de vendredi avec vos enfants. Si vous avez besoin de quelque chose, n'hésitez pas. On va faire ce qu'il faut de toute façon. Probablement un lunatique comme presque toujours, mais pas possible de tolérer ça. Votre femme, ça va ?

– Oui. C'est une femme de flic. Et son père était policier.

En prononçant ces mots, Alex se rendait compte combien cela faisait cliché, mais il y avait quand même du vrai.

– En Écosse, c'est ça ?

– Oui.

– Bon, vous vouliez me voir ?

– Oui, et l'incident de vendredi me confirme dans l'idée que c'était la bonne démarche, mais merci d'avoir pris le temps si vite.

– C'est normal, je trouve déjà que je ne passe pas assez de temps avec les troupes, et puis la ligne de management est fragile en ce moment. Bravo d'ailleurs de gérer ça. Votre groupe fait un boulot super efficace. Les chiffres sont bons. Alors, je vous écoute.

– Monsieur le directeur, quelqu'un a usurpé l'identité d'un divisionnaire du Bastion pour essayer de me tirer les vers du nez et savoir pourquoi je m'intéressais au cas d'une de mes informatrices assassinées.

– Informatrice officieuse... glissa le directeur.

– Oui, mais on peut en parler quand vous voulez.

La voix d'Alex était ferme.

– Continuez, je vous en prie.

– L'homme voulait aussi savoir pourquoi je me souciais à la fois du meurtre d'une jeune femme, de la disparition en mer d'un type que je connais à peine, et des affaires d'un trafiquant de drogue qui n'intéressait personne jusque-là et qui s'appelle Alan Kerdec. Et là-dessus, un homme, se faisant passer pour un collègue, vient parler à mes enfants sur le parking voisin de ma maison. Voilà, monsieur le directeur. Dans ce contexte, je venais vous voir pour deux choses : pour vous demander ce que je dois faire d'informations dont je dispose et surtout pour comprendre pourquoi j'ai l'impression d'être un épagneul qu'on amuse avec une balle. De toute évidence, des gens me surveillent. Je ne sais pas qui, mais ils ont accès à mon activité, à tout ce que je fais, y compris sur des bases de données *a priori* confidentielles. Alors, est-ce qu'il y a des choses que je dois savoir ?

– Ce que je ne sais pas, je ne peux pas vous le dire, Dumas, répliqua le contrôleur général en se levant d'un mouvement lent.

Mains dans le dos, il se mit à marcher dans le bureau.

Alex pensa que cette phrase n'était pas rassurante du tout.

– Vos informations portent sur quoi ? enchaîna le directeur.

Alex lui raconta son contact avec Romain, l'enregistrement, le bruit du bateau.

– Ce bruit ? Vous êtes formel ?

– Il faut l'analyser, mais je suis un plongeur assez expérimenté, monsieur le directeur, je sais reconnaître un moteur quand je suis au fond. Je suis formel, oui.

Le directeur resta silencieux un moment.

– Il faut en parler aux AffMar. C'est leur dossier. Partagez votre document et votre analyse. Je passerai un message avant. Pour le reste, c'est-à-dire l'assassinat de cette source officieuse, ce n'est pas à vous, Dumas, que je vais expliquer combien le renseignement en matière de PJ est un immense champ de risques. Les procédures qui ont été mises en place ont essayé de le réduire, mais le dispositif reste très imparfait, je vous l'accorde. Vous l'avez vécu il y a cinq ans. Et maintenant cette histoire vous donne le sentiment que ça recommence. Évitons tous ensemble que ce soit le cas. Si c'est possible.

Alex n'aimait pas le tour que prenait tout à coup la conversation. Ramener sur la scène le problème d'il y a cinq ans, ça pouvait être un magnifique leurre pour le déstabiliser, nourrir l'idée pernicieuse qu'il n'avait pas été capable de dépasser le traumatisme initial, et qu'il avait tendance à le réinventer, et décrédibiliser aux yeux de tout le monde comme à ses propres yeux à lui les investigations officieuses qu'il avait entreprises…

Le directeur soupira.

– L'usurpation d'identité, c'est grave. Le procureur m'en a parlé. J'ai demandé qu'on creuse le numéro de téléphone qui vous a appelé.

Moi aussi, pensa Alex. Il n'avait pas encore le retour de Rollet. Mais ils arriveraient tous au même résultat. C'est-à-dire rien. Un portable prépayé acheté au nom de Marilyn Monroe ou équivalent. Autant pisser dans un violon.

– C'est grave, poursuivait le directeur, et quand je réfléchis à qui profite le crime, je me dis que c'est probablement encore un fouille-merde de journaliste qui cherche à avoir de l'info. Je ne vois pas d'autre hypothèse crédible. Après, je vous l'ai dit, je ne peux partager que les informations dont je dispose. Mais ce que je veux vous dire, Dumas, c'est : ne faites pas une obsession sur ce qui se déroule. Collaborez comme vous le faites. Mais ne vous trompez pas de rôle. Cette enquête, ces enquêtes si l'on parle des trois sujets que nous évoquons, ne sont pas les vôtres – pas les nôtres devrais-je dire. Laissez les services compétents travailler et ne cédez pas à la paranoïa.

Dans un instant, il va me proposer un soutien psychologique, pensa Alex.

Il écoutait le contrôleur général parler. Le type lui était plutôt sympathique, conformément à l'image qu'il en avait toujours eue. Mais il sentait bien que la présomption de fragilité liée à son pétage de plombs passé pesait toujours au-dessus de sa tête et jouerait en sa défaveur.

– Monsieur le directeur, ce qui m'importe, c'est de savoir qui a tué Nolwenn et de le mettre hors d'état de nuire. J'ai dit tout ce que je savais aux enquêteurs. Je ne leur fais pas de procès d'intention. Et le bon fonctionnement, c'est de les laisser travailler, bien sûr. Mais j'ai besoin de résultat. Comme vous. Comme tout le monde dans cette profession parce que au fond, c'est ça qui compte. Pour nous comme pour les victimes. Et c'est là que je suis surpris quand le fait de prononcer le nom d'Alan Kerdec suscite des comportements si bizarres à mon égard, comme si j'étais le seul à m'intéresser à lui. Ou à l'inverse comme si nous étions très nombreux. J'ai tort ?

– Je vais me répéter, Dumas. Laissez travailler les équipes en charge. Ne vous compliquez pas la vie.

« Ne compliquez pas la mienne », entendit Alex.

– Vous vous êtes remarquablement adapté ici. Pour le territoire, un officier d'expérience comme vous, passé par les Stups du 36, c'est un atout formidable. J'ai besoin que vous preniez soin de vous, de votre famille. Partez quelques jours. Accordez-vous un peu de distance.

– Je vais bien, monsieur le directeur. Et j'ai plein de boulot sur le feu.

– Je sais ça, Dumas. Et je sais ce que c'est que de vouloir garder la main sur ses enquêtes. Et la frustration de ne pouvoir avancer, comme si des obstacles invisibles vous gênaient sans cesse. Mais c'est comme ça. Il faut parfois s'y résoudre. Tenez, je vous raconte une anecdote : quand j'étais responsable de la PJ dans un département du Sud-Ouest, j'ai eu un dossier sensible. La disparition de la femme d'un notable. Le mari suspect numéro un. Une enquête très compliquée où l'on avait l'impression de mettre le pied sur une mine dès que l'on faisait un pas. Pas de cadavre, pas d'arme du crime, et pourtant on avait la conviction que c'était un meurtre. On a poussé le cas, et on s'est cassé la gueule. Le type a été acquitté. Fini. Il n'y aura jamais de condamnation ni de coupable. Vous savez le plus beau, et je vous promets que c'est véridique, Dumas : le type m'a quasiment avoué hors P-V que c'était lui. L'arrogance suprême. Et que l'on ne retrouverait jamais le corps. Et il avait raison. Ça m'a hanté pendant des jours. Un coupable qui traînait là sous nos yeux et allait s'en sortir comme une fleur. Eh bien, voyez-vous, j'en ai fait le deuil.

Alex, en l'écoutant, se demandait pourquoi le DDSP lui racontait tout ça. La situation n'était pas la même. Ou alors c'était un aveu bien plus inquiétant.

26

En sortant, Alex appela Nuzac pour lui demander de lui obtenir un rendez-vous rapide avec les Affaires maritimes. Il lui précisa qu'il avait des éléments à leur transmettre dans le cadre de leur saisine sur la disparition en mer. S'il était intrigué et curieux, Nuzac ne le montra pas, nota des créneaux libres pour Alex et lui dit qu'il lui répondait dès que possible. Alex avait aussi un message du journaliste du *Télégramme*. Il hésita à le rappeler mais jugea que c'était un peu tôt. Il fallait d'abord qu'il reboucle avec Yves ce qu'il avait trouvé sur les abattoirs. Toujours chercher du temps. Courir en permanence avec des listes de priorités.

Il faisait nuit quand il arriva au niveau de Saint-Quay. Il hésita une seconde puis tourna à l'entrée de la ville vers le port au lieu de continuer tout droit. Il tombait quelques gouttes, et le ciel était gris foncé. Les rues étaient presque désertes. Il descendit jusqu'à la rue qui longeait l'ancien port et tourna vers l'école de voile. Il se gara en face du chantier où attendaient des bateaux mis sur cale. Muni d'une torche électrique, il se dirigea tout au bout de l'espace où des barrières et un cordon de rouleau adhésif avaient été disposés pour interdire l'accès. Pour les besoins de l'enquête, le *Pont-Aven* avait été mis à l'écart. Alex s'arrêta devant l'étrave. Levant les yeux, il regarda alentour, mais il n'y avait pas âme qui vive à part un petit groupe qui buvait un verre en bavardant sur la terrasse d'une imposante maison à colombages qui le surplombait. Il ne distinguait pas les voix ni les visages, mais ceux-là avaient l'air de bien s'amuser. Il sourit en pensant qu'ils avaient de la chance. Lui allait rentrer tard chez lui. Mais, après tout, c'était aussi sa faute. Une petite voix qui l'avait poussé à s'arrêter sur le chemin pour revoir le bateau. Sans savoir pourquoi ni ce qu'il venait chercher. Il attrapa une échelle posée contre un bateau et la déplaça puis, l'ayant assurée, grimpa les échelons. Il enjamba le plat-bord et braqua le faisceau de sa lampe sur le pont. On voyait encore le tracé du corps dessiné avec un produit blanc qui ressemblait à de la peinture. Des taches de sang aussi qui faisaient penser à de la rouille.

Il ferma les yeux un instant pour se concentrer puis les rouvrit et commença à balayer méthodiquement de sa lampe des bandes de pont.

Il avait parcouru la moitié de la surface, courbé en avant, quand un bruit de pas le fit se redresser. Le halo d'une lampe était dirigé vers lui. L'homme qui la tenait avait un chien en laisse, mais paraissait inquiet.

Le genre de vigile qui n'aspire qu'à la tranquillité, pensa Alex.

– Qui êtes-vous ? Qu'est-ce que vous faites là ? demanda l'homme d'une voix mal assurée.

Il écarta un peu sa lampe, et Alex vit un visage maigre dans un uniforme trop grand. Il brandit sa carte.

– Police judiciaire.

– Ah, fit l'autre, visiblement rassuré. Vous travaillez tard.

Alex haussa les épaules.

– Vous aussi.

L'homme sourit.

– Ouais. Vous n'arrêtez pas en tout cas.

Alex se redressa.

– Pourquoi vous dites ça ?

– Y a déjà quelqu'un qui est venu aujourd'hui. Ah, non, hier.

– Ah bon ? Qui ça ?

– Je sais pas, mais il m'a dit comme vous Police judiciaire.

– Il était comment ?

– Brun, avec une barbe et une veste en cuir. En fait, il ressemblait au type dans le film, là, le truc de science-fiction.

– Quel type ? Et quel film ?

– *Matrix*, le film. Le type, je sais plus le nom. Mais le héros, quoi.

27

La réponse de Nuzac à la demande d'Alex ne tarda pas. Il appela le lendemain matin pour lui dire que les gendarmes maritimes leur donnaient rendez-vous au sémaphore en fin de journée. Alex remercia Nuzac puis reprit son jogging sur la falaise.

Il n'arrivait pas à s'ôter de la tête la présence obsédante de ces ombres sur lesquelles il ne cessait de buter. Le barbu qui avait parlé à ses enfants. Celui qui l'avait précédé pour inspecter le *Pont-Aven* et ressemblait au héros de *Matrix*. Il avait dû vérifier sur Internet parce que dans son lointain souvenir le héros de *Matrix* n'avait pas de barbe. C'était vrai, sauf dans le dernier opus de la série : *Résurrections*. Il avait enregistré la photo. Et pensé : « Je vais te retrouver. Tu peux bien te cacher ou passer avant moi. Je vais te retrouver. »

Alex n'était jamais entré dans la petite parcelle militaire qui dominait la mer à la pointe du cap de Saint-Quay. Il retrouva Nuzac devant le portail d'entrée. Ils passèrent le seuil, et Alex fut ébloui par la vue panoramique qui s'offrait depuis la salle de contrôle du premier étage jusqu'à laquelle le marin qui les avait accueillis les avait escortés. Dans la lumière tombante du jour, de l'archipel de Bréhat à gauche jusqu'au cap Fréhel, toute la baie apparaissait en un regard. Une à une, il voyait des lumières s'allumer, dans ce curieux ballet du jour qui finit sans que la nuit soit encore venue. Les dispositifs de surveillance permettaient ensuite d'animer ce décor naturel en observant qui s'y déplaçait avec des focales surpuissantes et d'éclairer à l'infrarouge. Toute une batterie de technologie pour sécuriser le trafic de toute nature dans la zone.

Amusé, le jeune enseigne de vaisseau Olivier Jombes, en pull marin, galons aux épaulettes, venu à leur rencontre, regardait Alex se laisser hypnotiser par la vue en échangeant des regards complices avec ses deux camarades des Affaires maritimes.

– Impressionnant, non ? commenta-t-il avec fierté.

Alex approuva de la tête.

– Oui, vraiment.

Le militaire serra la main du policier puis celle de Nuzac.

– Vous vouliez nous voir ? enchaîna le militaire.

– Oui, et merci de votre temps. Comme vous l'a dit sans doute l'adjudant Nuzac, je connais bien les gens du port, ceux qui y vivent. Je suis plongeur moi aussi. Ils me parlent. Enfin, je vous la fais courte, j'ai quelque chose pour vous. Quelque chose qui est sûrement décisif pour votre enquête sur la disparition en mer de la semaine dernière. Romain Gauthier pensait l'avoir perdu. Il l'a retrouvé. Il avait peur, il me l'a donné. Ma question est la suivante : comment on fait rentrer ça dans votre procédure ?

– Revenons en arrière, s'il vous plaît : c'est quoi, votre document ?

Une carte SD apparut dans le poing d'Alex quand il ouvrit sa main.

– Une vidéo. Toute la plongée et la remontée.

– Et ça prouve quoi ?

– Regardez-la : ça prouve qu'il y avait un deuxième bateau en surface ce soir-là, dans le périmètre interdit.

Imperturbables, les gendarmes maritimes ne disaient rien.

– On peut la regarder ? suggéra Nuzac, dont la remarque resta sans réponse.

– Merci, dit enfin Jombes en tendant la main pour récupérer la carte.

Il la souleva entre deux doigts.

– C'est l'original ?

– Oui.

– La seule ?

Alex sourit.

– L'original, c'est l'essentiel, non ? Vous en pensez quoi ?

– À ce stade rien. On va la faire analyser. Ça va prendre un peu de temps, mais vous connaissez ça par cœur.

– Oui, mais il y a des cas d'urgence ? Le disparu, s'il est tombé à l'eau ou s'il est parti sur un autre bateau, c'est pas pareil, non ?

– Ne sautez pas trop vite aux conclusions, commandant. Mais, en tout cas, on va s'arranger. Contrairement à ce que vous pensez, nous ne sommes pas des brutes incapables de dévier de leur manuel. Si la pièce est utile, on trouvera le chemin. L'essentiel, c'est de régler le problème dont nous sommes saisis, bien sûr.

Alex hocha la tête.

Il trouvait quand même tout cela bien peu passionné et très administratif. Quelque chose lui soufflait que ces types n'étaient guère pressés de faire avancer l'affaire. Agaçant.

Nuzac coula un regard vaguement inquiet vers lui. Comme s'il avait senti la tension nouvelle et l'agacement d'Alex.

Celui-ci reprit d'un ton volontairement calme :

– Romain identifiera et reconnaîtra la carte. Je lui en ai parlé. Il le fera sans discuter.

Devant le silence qui s'installait, il poursuivit :

– Je peux vous poser une question ?
– Je vous en prie.
– Vous le saviez déjà ?
– Déjà quoi ?
– Qu'il y avait un bateau, un autre bateau dans la zone interdite ce soir-là.

Le gendarme éluda.

– Je ne peux pas commenter notre enquête.
– Ce n'est pas un commentaire. C'est un fait.

Le marin le fusilla du regard.

– Qu'est-ce que vous insinuez ? Qu'est-ce que vous cherchez à démontrer ?
– Rien. Seulement un type est probablement mort dans l'eau au large il y a quelques jours.

Le ton calme commençait à se craqueler.

– Que ce soit un accident ou pas, ça me paraît mériter une enquête rapide. Et dès lors qu'il n'était pas seul en mer, ce n'est plus du tout la même enquête. Alors moi, si j'étais vous, je ne me soucierais pas de savoir si cet enregistrement est authentique, je me focaliserais plutôt sur la recherche de ce mystérieux bateau.

Blême, l'officier resta silencieux un instant.

– Si nous avons besoin de votre expertise, nous ne manquerons pas de vous le faire savoir, commandant. Dans l'intervalle, nous menons cette enquête.

Alex bouillait intérieurement à présent. Furieux de l'arrogance de ces gens mais aussi de se sentir peu à peu entraîné par sa mauvaise humeur.

– C'est toujours difficile quand on connaît quelqu'un dans une enquête, reprit Jombes, l'émotion fausse le jugement…

Alex le coupa d'un ton sec :

– Arrêtez votre char, je ne le connaissais quasiment pas et ce n'est pas le problème. Le problème, c'est qu'un type disparaisse et que ça n'agite personne. Vous n'enquêtez jamais sur des inconnus, vous ?

Sans grand succès, Nuzac essaya de prononcer quelques paroles apaisantes au milieu de cette ambiance tendue.

Un instant plus tard, ils retraversaient seuls le bout de terrain qui précédait la clôture surmontée de barbelés.

– Ils sont raides, mais ce sont des mecs sérieux, assura Nuzac en ouvrant la portière de son véhicule.

– Ouais, répondit Alex en le saluant avant de se diriger vers sa propre voiture, au rythme où ils semblent aller, on sera tous les deux à la retraite avant que ça débouche, mon ami. Enfin…

Alex roulait depuis cinq minutes, essayant de se calmer avant d'arriver chez lui, quand son portable vibra. C'était Mairead.

– Ça va, mon amour ?

La voix de Mairead était terrifiée. Elle chuchotait.

– Il y a quelqu'un dans la maison, Alex. Je suis avec les enfants. Sous le bateau. J'ai ouvert le coffre. Je ne sais pas où il est.

Elle parlait doucement, mais une peur extrême s'entendait dans chaque mot. Alex sentit le choc d'adrénaline dans sa poitrine. Sa main tremblait sur le volant. Il écrasa l'accélérateur.

– Ne bouge pas. Tu as pris le Sig dans le coffre ? Parfait ! Enlève la sûreté. Fais monter une balle dans le canon comme je t'ai montré. Ne bouge pas, tu entends ? À aucun prix. J'arrive. J'arrive. Et reste en ligne. Je vais appeler les secours, mais je te reprends juste après.

Il venait de déclencher le gyrophare et le deux-tons. Il roulait à plus de cent soixante, doublant des voitures dont les chauffeurs semblaient stupéfaits.

En gardant un œil sur la route, il composa le numéro d'Yves.

– Yves, il y a un intrus chez moi. Ma femme s'est réfugiée au sous-sol avec les enfants. J'y serai dans cinq minutes, mais envoie du monde. Vite.

– J'appelle la brigade de Plouha et le PSIG qui doit tourner dans le coin, répondit Yves.

Alex entendit à peine la fin de la phrase. Il avait déjà raccroché et repris Mairead en ligne.

Il manqua de justesse d'emboutir une Clio, klaxonna et passa en la frôlant.

– Mairead, tout le monde est en route, et je suis en approche. Trois minutes.

Tout en parlant, il calculait le temps qu'il fallait aux secours. Tout dépendait d'où se trouvait le PSIG.

Il freina à peine avant de bifurquer sur la petite route qui redescendait vers la côte. Les phares balayant la campagne plongée dans l'obscurité. Il s'arrêta sur le parking et se rua, arme au poing, pour dévaler la pente vers la maison. Il lui sembla entendre d'autres sirènes au loin. Il espéra que c'était le PSIG.

Il parlait toujours dans le téléphone en haut-parleur serré contre sa bouche.

– Mairead ! C'est moi. Ne bouge pas, je descends, tout va bien !

Il s'engagea dans l'escalier.

Ses pas résonnaient sur l'acier des marches.

Il déboucha dans le hangar, se glissa jusqu'au bateau, puis se pencha en rangeant son arme.

Mairead tenait les deux enfants contre elle, un sous chaque bras. Ses genoux relevés, elle tremblait en le regardant, le pistolet énorme dans sa main frêle.

Il s'en saisit et les attira vers lui.

– C'est fini, dit-il en la serrant contre sa poitrine.

Un bruit léger le fit se retourner. Une ombre glissait contre le mur de l'autre côté de la pièce. Il se redressa et plongea sur l'intrus. Il ouvrit les bras pour le plaquer, mais l'homme s'était retourné avec une agilité incroyable. Le coup le cueillit à la tempe. Il tomba et roula sur le côté en lançant un bras à l'aveugle, agrippant un tissu. Il tira, et la cagoule lui resta dans la main quand son agresseur se dégagea.

– Arrête-toi, cria Alex en dégainant.

Il se remit debout, arme pointée devant lui. L'homme s'enfuyait. Il se retourna une fraction de seconde et passa la porte. Alex se précipita pour le suivre. Un moteur démarra. Il se rua et se colla contre la porte du hangar avant de basculer d'un coup à l'extérieur tandis que le bruit de l'accélération hurlait. Tous feux éteints, un bateau disparaissait vers le large. La silhouette à la barre, dos ployé, était presque invisible.

Alex aperçut les gyrophares sur sa droite. Les renforts étaient sur le parking, et déjà il entendait le branle-bas des hommes qui arrivaient en tous sens autour de la maison et sur les talus autour.

Le bateau n'était plus qu'un point incertain, cap au nord. Son pilote était hors de portée.

Il ne connaissait pas son nom. Et ne l'avait jamais vu. En revanche, il en avait déjà entendu parler : parce qu'il en était certain, l'homme dont il avait aperçu fugitivement le visage dans l'embrasure de la porte ressemblait énormément à Keanu Reeves alias Neo. Le héros de *Matrix*.

28

Le calme était revenu dans la maison.

Alex et Mairead étaient encore dans le salon. Elle se sentait incapable de dormir.

– Qu'est-ce qui s'est passé, Alex ? Rien n'a été volé !

Il soupira.

– Ça peut être n'importe quoi. Probablement un cambrioleur à la petite semaine. Un débile amateur qui avait envie de faire un coup.

Il espérait que sa voix sonnait juste, parce que lui-même n'y croyait vraiment pas du tout.

– Mais on n'en sait rien…

– Non, acquiesça-t-il.

– Qu'est-ce qu'on va faire, Alex ? On peut pas vivre comme ça.

– Non, et on va pas. Le directeur m'a suggéré de prendre du recul. Un peu de repos.

– Et tu vas le faire ?

– Non, mais tu pourrais emmener les enfants en Écosse. Quinze jours, pas plus. Et je vous rejoins ensuite.

– Tu plaisantes ? Je ne te laisse pas. C'est un cambrioleur à la petite semaine, mais tu veux nous éloigner ?

– Tu ne me laisses pas, tu accompagnes les enfants. J'essaie seulement d'organiser les choses, enfin j'essaie pour que ce soit le plus agréable pour tout le monde.

Elle le regardait d'un air plus inquiet à présent. Il cherchait ses mots. C'est elle qui prit les devants.

– Tu ne crois pas que ce soit un simple cambrioleur, c'est ça ?

Il hésita encore une seconde avant de répondre.

– Je ne sais pas. Pas vraiment. Mais je préfère être prudent. Mairead, je ne crois pas aux coïncidences. Ce n'est probablement rien, il n'y a probablement pas de lien avec la mort de Nolwenn, et tous ces événements bizarres des derniers jours ne sont pas forcément reliés entre eux mais…

– Tu peux me le dire, tu sais.

– Je ne veux pas que tu t'inquiètes, mais il faut que je bosse là-dessus, que je trouve qui a fait ça. Je dois être à cent pour cent là-dessus, et il faut en même temps que je gère mes enquêtes et le groupe Stups.

Elle ne disait plus rien. Il savait qu'elle connaissait trop la musique. Fille et femme de flic. Écosse ou France, le pays importait peu. La même vie obsédante à essayer de ne pas se laisser embarquer dans ses propres enquêtes et à laisser sa famille en dehors. Et ne pas réussir. Il y avait dans ses yeux de l'affection et une ombre de tristesse. Il y a des choses qu'on ne partage pas. Fatalité de la vie de flic.

– Les vacances arrivent bientôt, ajouta-t-il. Ça ne change pas grand-chose. Et je travaillerai plus sereinement en vous sachant à l'abri.

– Et toi, tu serais à l'abri ?

– Non, mais, moi, c'est mon métier.

– Je ne sais pas. Ça me plaît pas cette idée.

Il connaissait cette manière de froncer les sourcils. Il devait calmer le jeu.

– OK. On en reparlera. Tu as toujours l'expo à Glasgow de toute façon à la Toussaint ? On anticipe un peu, c'est tout. Écoute, prends des billets d'avion en open, et on s'adapte en fonction de comment ça évolue ? Ça te va, ça ?

Elle hocha la tête, s'avouant vaincue.

– OK. Mais je répète que je ne veux pas te laisser.

Il ouvrit les bras, et elle vint se serrer contre lui.

– Moi non plus, je n'ai pas envie de vous savoir loin. Mais…

Elle posa un doigt sur sa bouche pour le faire taire.

– Chut. Fin de la conversation.

– Pour l'instant, dit-il en riant, emprisonnant sa main.

– Tu restes là demain ?

– Je dois aller faire une déposition. Il y a des choses à régler. Mais il y aura une patrouille en haut. Et je ne serai pas long.

Mairead le fixait. Elle se força à sourire.

– T'as intérêt.

29

Le lendemain matin, le vent de nord-est levé dans la nuit avait fait monter dans la baie un clapot qui couvrait la mer d'une livrée blanche et métallique. Les bourrasques hurlaient contre les vitres. Alex remonta la pente en serrant le col de sa veste contre lui. Sur le parking en haut de la falaise, une voiture de police stationnait. Il prit le temps de les saluer. Yves était en bas, venu occuper la place le temps de son aller-retour à Saint-Brieuc pour voir Lelièvre et passer faire une déposition sur les événements de la veille. De quoi calmer l'inquiétude qui tenaillait Alex. Le même homme, venu chez lui… Il détestait ce sentiment d'être un gibier. Ne pas laisser inverser les rôles. Il était le chasseur et devait rester le chasseur.

Le substitut du procureur avait été alerté bien sûr. Au téléphone, il s'était même montré très amical. Prévenant.

Alex se gara à son habituelle place qui n'existait pas et fila directement vers le bureau de Lelièvre. Une session d'assises était en préparation, et le magistrat était forcément surchargé. Sa porte était ouverte, chemise retroussée aux manches, il se battait avec des dossiers en piles posés devant lui.

– Entrez, commandant, fermez la porte.

Alex s'assit. Lelièvre repoussa les piles d'un geste machinal.

– Comment va votre famille ?

Alex le rassura brièvement.

– Et vous, comment vous allez ?

Il repensa à son entretien avec le directeur. Il ne pouvait pas dire autre chose. Cette image était celle qui lui venait instantanément en tête.

– Comme un chien dans un jeu de quilles, monsieur le procureur. Dans nos métiers, c'est inconfortable comme situation. On n'est pas programmés pour ça.

– Et qu'est-ce qui pourrait vous aider ?

– On se l'est déjà dit, monsieur le procureur : savoir pourquoi des gens s'inquiètent de mes recherches concernant Nolwenn Hubert et / ou Marco Landrier. Et comment ils ont pu en avoir connaissance ? Dès que je fais un pas dehors, j'ai l'impression que ça allume des petites lumières rouges partout. Pourquoi des gens ont-ils peur que j'enquête ? Et de qui s'agit-il ? Qu'est-ce qu'on cherchait chez moi hier soir ? Et qui est ce type, celui qui ressemble à l'acteur de *Matrix*, sur qui je bute par deux fois et que personne ne connaît ici ?

– J'entendais : qu'est-ce qui vous aiderait plus *concrètement,* commandant ?

Alex sourit.

– De pouvoir effectuer des recherches sur Kerdec dans le cadre de mes procédures préliminaires Stups en cours. J'ai besoin de contextualiser un peu Alan Kerdec, monsieur le procureur.

Lelièvre leva le regard par-dessus ses lunettes de myope.

– Le « contextualiser » ? répéta-t-il.

– Baliser les voitures, brancher les téléphones, peut-être filocher un peu ? Je veux pouvoir creuser sur lui, dans un cadre officiel, en utilisant les moyens officiels que je ne peux pas utiliser dans une enquête officieuse.

Lelièvre soupira et sortit une cigarette. Il l'alluma lentement, tira une bouffée puis reposa son regard sur Alex.

– Vous pensez toujours qu'Alan Kerdec est derrière ça et que Nolwenn Hubert est morte parce qu'elle le menaçait ?

– Affirmatif, monsieur le procureur.

– Et qu'il savait qu'elle le menaçait parce qu'il y a eu une faute ou un dysfonctionnement dans le système de notre côté ?

– Je le crains, oui.

– Et vous voulez pouvoir continuer en utilisant une procédure Stups en marge de l'enquête officielle pour assassinat dont vous n'êtes pas chargé ? Et vous venez me demander de vous en donner les moyens, de vous couvrir en quelque sorte ?

Il y avait vraiment du Lino Ventura ou du Gabin dans ce procureur, songea Alex. Il resta silencieux. Les dernières questions n'appelaient pas vraiment de réponses.

Lelièvre le fixa en poursuivant.

– OK, commandant. Vous pouvez enquêter sur Kerdec. Je prends ça sous mon bonnet. Je n'en ai parlé à personne et je vous promets que personne ne m'en a parlé. Allez-y. Mais petit un : vous partagez vraiment tout avec vos amis gendarmes s'il y a du neuf ou quoi que ce soit qui puisse aider leur enquête. Et petit deux : vous me rendez compte régulièrement. Je veux tout savoir en direct. On est d'accord ?

– On est d'accord, monsieur le procureur.

– Je vous l'ai déjà dit, je vous aime bien, Dumas.

Alex se figea, déstabilisé par la répétition de cette phrase inattendue dans la bouche du magistrat.

– Je fais peut-être une erreur, mais, bah, comment disait-il déjà, l'autre ? Ah oui : « La peur doit changer de camp. » Y a de ça, non ?

30

De retour, Alex avait débriefé Yves, ravi de lancer les procédures autour de Kerdec, puis il avait passé l'après-midi chez lui, dans le petit fortin battu par le vent et la mer, à mettre à jour les procédures en cours.

Il avait déjeuné avec Mairead. Il voyait bien que l'intrusion de la veille ne l'avait pas quittée. Elle avait à peine dormi. Une peur palpable se lisait en elle. Il se dit qu'il fallait qu'il remette sur la table le sujet de l'Écosse. Il le ferait dès qu'elle aurait pris les billets.

Yves était revenu dans l'après-midi.

– Les écoutes sur Kerdec existent déjà.

– Les gendarmes ?

– Oui, ils les ont demandées la semaine dernière. Tu vas être accrédité pour les recevoir sur ton ordi. Comme ils étaient préalables sur la demande, c'est eux qui les reçoivent, mais ensuite on récupère le brut et on peut s'en servir. Bien sûr, ils seront au courant, mais le pire qui puisse arriver c'est qu'ils nous demandent notre interprétation de ce qu'on entend. Pas de problème. De toute façon, on se parle depuis le début. Ça devrait être opérationnel dans une heure. Après, je ne suis pas totalement sûr que Kerdec utilise ces lignes-là, celles qu'on connaît. On verra bien. La plupart des conneries, ces types les font par fainéantise. Les balises, on peut les installer, on a l'accord de Lelièvre. Faut juste faire gaffe. Ça revient pas à baliser dans un parking de Sofitel. Son QG, là, dans son bled, l'adresse qu'avait récupérée Nolwenn, c'est pas facile à gérer. Une maison au milieu des champs, juste quelques bosquets, rien d'autre autour, une approche presque à découvert sur les cinquante derniers mètres. Tu veux demander l'appui des spécialistes de Rennes ?

Alex secoua la tête.

– Pas possible. J'ai pas confiance. En personne. En Nuzac un peu, et encore...

– Tu fais chier, Alex, c'est bien, ton truc, mais on fait comment ?

– On se démerde, mon pote.

– T'as une idée ?

– Oui.

– Et ça ressemble à quoi ?

– Ça ressemble à une visite pour donner un coup de pied dans la fourmilière. On vient rien chercher. On vient juste le foutre en rogne, l'exciter et attirer son attention.

Rester le chasseur.

Alex se leva et fixa à sa ceinture le holster contenant son arme posée sur la table à côté de lui. Puis il se dirigea vers la porte, suivi par le regard inquiet d'un Yves silencieux.

– Appelle quand même les gars du groupe. On va pas y aller tous les deux non plus. Briefing dans une heure au bureau, et puis on file.

Ils avaient roulé en convoi, deux voitures collées dans le flux des sorties de bureau de l'après-midi, sans rien qui les distingue de la masse. Ils avaient quitté la nationale un peu avant Paimpol pour bifurquer vers l'intérieur des terres. De loin, le mur d'enceinte construit en parpaings et surmonté de fil de fer barbelé paraissait incongru au milieu de la zone agricole, encadré par une petite butte boisée et par une zone pavillonnaire qui s'étendait un peu en contrebas, jusqu'au village. Alex arrêta la voiture et scruta un instant le périmètre aux jumelles.

Les environs étaient largement plats et déprimants.

– Pas évident de jouer l'effet de surprise, grommela Yves.

– On va jouer autrement. Je descends là et je fais les cent mètres à pied. Tu surveilles et dès que la voie est libre, tu places les balises, en te faisant couvrir surtout.

– T'inquiète pas.

Alex sortit de la voiture et referma son blouson. Puis il avança mains dans les poches jusqu'au portail en acier blanc. Il n'y avait pas de sonnette, et le portail était ouvert. Il passa le seuil et se dirigea vers le bâtiment en parpaings peint seulement sur la moitié de la surface. La maison était étrange, elle avait un air de bric et de broc, comme constituée de rajouts successifs dont les liaisons avaient été ignorées. Il n'y avait personne en vue.

Il avança encore de quelques mètres. Une silhouette apparut sur la terrasse à droite devant ce qui semblait être une piscine semi-enterrée. Alex reconnut Alan Kerdec et continua à avancer jusqu'à ce qu'il soit à moins de dix mètres.

Kerdec portait juste un tee-shirt et un pantalon de toile noire. Il était pieds nus.

– Alan Kerdec ? demanda Alex.

L'autre le regardait fixement d'un air hostile.

– T'es qui, toi ?

– Commandant Dumas, PJ Saint-Brieuc.

– T'es pas dans ton ressort. Dégage, dit-il froidement. C'est une propriété privée ici.

– T'as fait des études de droit ? répondit Alex sèchement. Ou tu regardes trop de séries américaines ?

– Je suis bien obligé de faire du droit avec tous les enculés qui me cherchent. Tu vois, moi, ma vision, c'est que dans ce pays y a deux catégories. Y a les entrepreneurs et les bureaucrates. Et devine qui t'es et qui je suis ?

Il descendit les deux marches de la terrasse. Un doberman émergea à son tour sur la terrasse et vint se placer à côté de lui.

– Y en a d'autres, dit Alex d'une voix lente.

– D'autres quoi ?

– Des catégories. Y a les voyous et les flics, par exemple. Là, tu crois qu'on se répartit comment ?

Kerdec soupira et eut un geste de la main comme pour écarter une mouche.

– Je t'emmerde, commandant des Stups de Ploumes-couilles. Tu te crois fort ? Tu sais même pas à qui tu parles.

– Comment tu sais que je suis des Stups ?

L'autre lui jeta un regard plus mauvais encore. Mais il se disait en lui-même qu'il avait fait une erreur, Alex l'aurait juré.

– J'ai dû voir ton nom inscrit dans un concours de casse-couilles.

– Moi aussi, je sais qui tu es et aussi ce que tu as fait.

Kerdec commençait à s'agacer. Il fit mine de faire demi-tour.

– Allez, casse-toi. Tes provocs à deux balles, ça me fatigue. Casse-toi, je te dis.

Alex fixait sa nuque, immobile.

– Tu te crois fort et t'en parles beaucoup mais au fond t'as pas de couilles, Kerdec.

L'autre s'arrêta.

– Pas d'honneur, poursuivait le policier. Regarde ta propre légende. Par ailleurs, peut-être bidon. Jeter un môme d'un toit, torturer une femme. Là, ouais, t'es bon.

Kerdec lui faisait face de nouveau.

– Mais t'arrête ton mytho, là ? Tu veux quoi ?

– Pourquoi, ça te fait peur ? Parce que je pense pas que ça te donne des remords, t'es trop pourri pour ça. T'es bon quand t'as pas besoin d'assumer. T'es bon planqué, quoi.

Kerdec fit un pas en avant. Le doberman à côté de lui se leva en grondant.

– Rappelle ton chien ou je le tue, dit Alex.

Il posa la main sur son arme. Kerdec éclata d'un rire mauvais.

– Mais t'es vraiment cinglé ! Tu devrais réfléchir avant de faire tes numéros de cirque. Va falloir assurer après.

– Tu me menaces.

– Mais je répète, tu viens là, tu m'insultes, et c'est moi qui suis en cause.

Il s'énervait.

– Dis ce que t'as à dire et casse-toi, petit flic.

– Je suis venu te dire que t'allais pas t'en tirer.

Le visage de Nolwenn traversa la vision d'Alex. Ne pas déraper. Les mots de Nolwenn la dernière fois où ils s'étaient parlé : « Ce mec distribue de la came en souriant. En souriant, Alex. Et il se vante de ses relations. D'être devenu un industriel et plus seulement un intermédiaire. Il a récupéré beaucoup de drogue. Et il transforme lui-même. Je vais te trouver où. Je vais le savoir. Je vais pas laisser faire. Je vais savoir avec qui il est en affaires aussi. Je vais le savoir bientôt. »

Il avait pensé qu'il devait lui dire de prendre moins de risques. Il s'était contenté de l'encourager.

Ne pas se laisser aller à la colère. Il chassa les souvenirs qui affluaient dans sa tête.

– Je voulais te le dire les yeux dans les yeux. Je vais te faire tomber. Tu le verras même pas venir. Je vais pas te lâcher. Je vais te pourrir la vie. Et je vais regarder ta chute. Tu vois, le ciel breton, regarde-le bien. Profites-en, ça va pas durer. Bonne journée, Kerdec. À bientôt.

Alex tourna les talons. Il entendait le chien gronder derrière lui.

En franchissant la grille, il traversa une haie de quatre costauds apparus d'on ne sait où et qui le regardèrent passer avec de la haine pure dans les yeux. En tournant, il sentit enfin disparaître le regard de Kerdec, planté dans son dos, comme une lame brûlante.

– Putain, t'es givré, Alex ? Ce mec est un psycho et il te pardonnera jamais.

Yves conduisait sur le chemin du retour. Il avait récupéré Alex au point prévu, et les voitures s'étaient regroupées à trois cents mètres pour repartir en sens inverse.

Alex sourit.

– M'en fous qu'il me pardonne. Je comptais pas l'épouser.

– Arrête de déconner.

Alex posa la main sur le bras imposant du colosse.

– Parle-moi des choses sérieuses plutôt, elles sont posées ?

Yves sourit.

– Les balises, ah oui, velours, tu l'as tellement énervé que c'était facile. Ils ont tous rappliqué fascinés. On était paisibles pour travailler ! Et donc. On va tout voir arriver sur l'ordi. Suffit qu'ils sortent et hop. On croisera avec les photos. J'ai aussi planqué deux caméras dans le mur, tout en haut, pour balayer le portail.

Il se pencha pour attraper son téléphone sur le siège arrière.

– En revanche, on a un souci. Pour les écoutes, on utilise celles des gendarmes. Mais ils ne nous ont jamais parlé de balises. Et pourtant, il y en avait bel et bien.

– Comment ça ? Tu en as trouvé ?

– Oui, et puis pas du low cost ni du bricolé comme chez nous. De la haute couture.

Le lieutenant tendit l'écran de son portable vers lui : l'image était celle d'un petit boîtier rond de cinq centimètres de diamètre, épais d'à peine trois millimètres collé contre le châssis d'une voiture.

– Bordel, qui a du matos comme ça ?

– Le GIGN, le Raid… Et encore, pas évident, c'est pas de fabrication française ce truc.

– Tu les as laissées ?

– Oui, j'ai juste pris ces photos. Pour expertiser. Mais je voudrais bien savoir de qui il s'agit. Les nôtres, je les ai posées à l'inverse, arrière pour avant et près des roues, pas sous la calandre. S'ils viennent chercher les leurs, ils ne les verront pas. Mais c'est des sapins de Noël maintenant, les bagnoles de ces enfoirés.

Alex ne pouvait empêcher son esprit de tout mettre bout à bout, l'intrusion chez lui, l'usurpation d'identité du ponte de la PJ, et maintenant ce matos de services d'élite. La même bizarrerie. La même impression qu'on se jouait de lui, que quelqu'un menait une enquête en cherchant à le tenir à l'écart.

– Bien joué en tout cas. On va regarder retomber la poussière maintenant. Ça va être un bon week-end.

– Oui. Et il faut qu'on parle aussi des recherches que tu m'as demandées sur les abattoirs. J'ai des trucs.

Ils se garèrent au commissariat et se retrouvèrent en salle de débriefing. Alex félicita tout le monde, ils échangèrent quinze minutes puis se dispersèrent. Il resta seul avec Yves.

– Je te montre ? dit celui-ci.

Il sortit un dossier de son sac à dos et déplia une carte du département sur la table.

– Tu vois, dit-il en désignant une série de quatre pastilles rouges, ça, ce sont les installations les plus importantes d'abattoirs du coin. Lamballe, Guéméné, etc. Je n'ai pris que les plus gros, ceux qui ont une main-d'œuvre suffisante et qui ont pas mal de rotations de personnel. Sur les quatre, deux seulement sont encore en activité. Mais celui qui nous intéresse, c'est celui-ci. La société Gaberal. Un site qui a été fermé il y a quelques mois.

Yves pointait une pastille située au sud-est de Guingamp.

– Il m'intéresse parce que en croisant tout ce qu'on avait comme infos dans le dossier Kerdec et notamment les bornages des téléphones identifiés par Nolwenn comme ceux de la bande, les circuits passent beaucoup de temps à faire des boucles à proximité. Je suis allé jeter un œil. Entre la route où ils passent très souvent et le lieu en question, il y a deux cents mètres, à peine. Et au milieu une prairie et un bois. Donc, moi, si j'avais des choses à faire là et que je voulais que ce soit discret, je me ferais déposer, et peut-être aussi récupérer, de l'autre côté, ni vu ni connu. Et puis, en parallèle, je suis allé regarder les archives de la boîte, enfin j'ai interrogé les gens de Gaberal. Ils ont d'autres sites toujours en activité même s'ils n'ont plus d'activité en Bretagne. Et bingo, j'ai retrouvé la trace du passage de notre Moldave. Il a bien travaillé là.

– Mais le site, c'est quoi maintenant ?

– Une friche, *a priori*. Pas grand-chose. Même pas sûr que ce soit gardienné. En revanche, sur le Moldave, j'ai secoué un peu les types de Gaberal, et la numérisation a du bon, j'ai récupéré un bout de dossier. Une photo, et des coordonnées, une adresse et un numéro de téléphone. Pas sûr que ça soit encore valide, mais on va croiser, on ne sait jamais. Même les mecs qui utilisent des jetables gardent souvent le même numéro de portable en plus pour leurs conversations perso et parfois ils se mélangent les pinceaux. Faute d'écouter, on peut géolocaliser. On verra bien.

Il sortit une impression sur une feuille A4. Cheveux rasés, yeux très bleus, le visage presque poupin, les lèvres fines. Constantin Russu avait à présent un visage. Ça ne disait rien de sa taille ni de sa corpulence, mais c'était un bon début.

– Ça me plaît, ton truc. Il va falloir qu'on aille jeter un œil un peu plus en détail.

Yves le déposa au port du Légué où il avait laissé son bateau. Dumas prit la mer puis composa le numéro du journaliste du *Télégramme*. Sans être parano, c'était plus discret d'appeler du bateau en mer que du port.

Perdreau répondit tout de suite. Alex s'arrêta, coupant les gaz, pour pouvoir lui parler.

– Vous allez bien ?

– Parfait. Vous aussi ? Vous avez du neuf ?

– Oui. Votre info sur les abattoirs. Pas inintéressant.

– Vous pouvez m'en dire plus ?

– Franchement non, mais votre piste a du sens. Je vous tiendrai au courant. Mais le deal reste le même : pas un mot tant que je ne vous donne pas de feu vert ?

Le journaliste lui donna sa parole.

Un bateau passa à grande vitesse, le pilote salua Alex de la main. Celui-ci lui rendit son salut. Le sillage du bateau fit rouler le semi-rigide sur lui-même.

– Et sinon, commandant ? poursuivit le journaliste.

– Sinon quoi ?

– Il paraît qu'il y a eu des menaces sur un officier ?

Alex fronça les sourcils.

– Rien à dire là-dessus.

– Parce que ça vous concerne ?

Il y eut un instant de silence, puis le journaliste poursuivit :

– Je ne veux pas être lourd, commandant…

Alex sourit.

– Vous voulez pas, mais c'est bien imité. On discute gentiment là, et je vous ai dit que je vous tiendrais au courant, mais ce qui me concerne et concerne ma famille est off-limits. Alors dites-moi clairement que vous comprenez ça ou oubliez mon numéro de téléphone. Une ligne dans votre journal, et je ne vous connais plus. Clair ?

– Clair, commandant.

– Parfait. Bonne journée et à bientôt.

31

– « Contextualiser » ? C'était bien ça votre mot, non ? Vous vous foutez de ma gueule, commandant ?

Alex, en plein boulot chez lui devant son ordi depuis tôt le matin, avait décroché sans s'attendre au rugissement de Lelièvre à l'autre bout du fil. Il se leva et alla plus près de la fenêtre. La mer montait à ses pieds en avalant progressivement la cale d'accostage.

– Pas du tout, monsieur le procureur.

– Mais ces photos qu'on a bien voulu me faire passer ? Qu'est-ce que c'est ? Vous êtes allé chez lui ? J'en ai une où vous êtes à deux doigts de sortir votre arme pour flinguer un doberman. Je vous les envoie, tiens. Je vous *forwarde* le mail, comme on dit maintenant.

Un son signala l'arrivée des photos. Tout en écoutant le juge, Alex cliqua dessus et vit s'afficher un reportage sur sa visite chez Alan Kerdec.

– Monsieur le procureur, ces photos, vous les tenez d'où ?

– Le procureur les a reçues du préfet qui les tient de Paris, de l'Intérieur, je pense. Je n'en sais pas plus.

– Et qui les a prises ?

– Mais je n'en sais rien, commandant, je sais juste que poser des écoutes, baliser des voitures, c'est assez différent de venir pisser dans le jardin du suspect, non ?

Alex laissa passer l'orage.

– Vous avez raison, monsieur le procureur, mais vu le profil et la bande qui l'entoure, la provoc était la seule manière de faire diversion pendant qu'on balisait les voitures justement. Et qu'on trouvait, soit dit en passant, d'autres balises déjà posées.

Il y eut un silence au téléphone.

– Posées par qui ? La gendarmerie ?

– Non. Nuzac m'a assuré que non. Vous pourriez peut-être demander à vos photographes, monsieur le procureur.

– Pas d'ironie, commandant. Ce ne sont pas mes photographes. Cela étant, je vous accorde ce point. Il est bien possible que ce soient les mêmes.

– Et ils vous ont demandé quoi, monsieur le procureur ? Que j'arrête, c'est ça ? Et ça ne vous semble pas la même démarche que tout le reste, l'appel bidon de Paris, le cambriolage, mes enfants et jusqu'au DDSP qui veut que je prenne des vacances. On me prend vraiment pour un lapin de six semaines…

– On « nous » prend, commandant. Je vous rappelle que c'est à moi qu'on a envoyé ces photos… « On » veut que nous arrêtions « nos » conneries.

L'engueulade était en train de tourner à l'entente cordiale. Alex sourit.

– Eh bien, pour l'instant, puisque c'est en place, regardez ce qui remonte dans vos filets, commandant. Mais tenez-moi au courant.

– Entendu, monsieur le procureur.

– Commandant ?

– Oui, monsieur le procureur ?

– De grâce, plus d'effet spectaculaire.

Alex le lui promit en s'efforçant de ne pas laisser transparaître excessivement le sourire qui s'étalait sur son visage.

Il s'accorda une heure pour aller courir, revint par la plage, se doucha et se changea puis regagna sa place face à la mer et derrière son ordinateur. Le téléphone indiquait un message en absence. C'était Laurent Rollet. Il décrocha tout de suite.

– Ça va, Laurent ?

– Ça va, mais ton histoire fait du bruit dans Landerneau. J'ai essayé de vérifier ton numéro d'appel de ton type qui se fait passer pour celui qu'il n'est pas. On ne débouche sur rien. Un portable prépayé. En revanche, ça fait rire personne ici. Tout le monde se ferme dès que je dis un mot là-dessus. Bizarre. Prends soin de toi et sois prudent. Je te rappelle si j'ai du neuf.

Alex reposa le téléphone, perplexe. Toujours cette curieuse impression que des gens s'agitaient derrière le rideau, comme pour jouer la pièce hors de la vue des spectateurs...

32

Alex avait passé la plus grande partie de la soirée à écouter les interceptions téléphoniques de Kerdec, s'interrompant seulement pour lire une histoire aux enfants puis dîner rapidement avec Mairead. Elle avait travaillé de son côté puis était passée lui dire qu'elle se couchait. Les yeux le brûlaient un peu à force de regarder l'écran. Les conversations étaient hachées, et faisaient peu de sens. Il avait aussi transféré les photos des caméras dites de chasse, plus souples et sans disque à relever, qui lui étaient envoyées par SMS. Enfin, il avait téléchargé les relevés des balises des véhicules stationnés devant la maison de Kerdec. Et surtout celle de l'Audi identifiée comme étant la sienne.

Les photos se déclenchaient à intervalles réguliers et également en cas de mouvement nouveau dans le faisceau. Deux heures après son départ, Kerdec avait eu de la visite. Un homme à la carrure athlétique, aux cheveux bruns mi-longs, barbu, en jean et chemise comme si le froid n'avait pas prise sur lui, descendait d'une BMW dont il nota la plaque et se dirigeait vers la terrasse installée devant la maison. Kerdec venait l'accueillir et lui donnait l'accolade. Puis ils s'installaient pour discuter et boire un verre.

Alex zooma sur le visage du visiteur. Son sang se figea. Il connaissait ce visage même s'il ne l'avait vu qu'une fraction de seconde. Le même barbu de nouveau. Avec des lunettes noires différentes cette fois. Il sauvegarda les gros plans.

Il sentait son sang bouillir dans ses veines et tapa du plat de la main sur la table.

– Mais qui tu es toi, putain ? murmura-t-il entre ses dents.

Puis il zooma sur le reste de la silhouette. On ne pouvait voir s'il était armé. Alex cherchait des détails singuliers. Une ombre attira son attention. Il se concentra sur les bras. L'homme avait retroussé ses manches de chemise. Alex zooma à fond.

– Ça, c'est bien, souffla-t-il en isolant l'image.

Sur l'intérieur du bras, on distinguait nettement un dauphin, exactement semblable à celui des images que lui avait montrées le journaliste du *Télégramme*. Le type était lié au trafic de drogue. Lui aussi, comme le Moldave, il fallait le retrouver. Deux pièces clés du dossier.

– Putain, qu'est-ce que tu venais chercher chez moi, connard ? grinça-t-il.

Mais il en était sûr, il tenait quelque chose.

Il était un peu tard pour appeler Yves et le journaliste. Alex décida de remettre cela au lendemain. La fatigue ne se faisait pas encore trop sentir. Il s'accorda une heure de plus pour poursuivre les écoutes. Les dernières disponibles dataient de l'après-midi.

Kerdec téléphonait peu ou, plus probablement, avait d'autres lignes. Mais en croisant les numéros de son périmètre rapproché ciblé par les gendarmes, on trouvait des échanges intéressants. Il était surtout question à mots couverts de livraisons diverses, de clients et de relations ou de qu'en dira-t-on des uns sur les autres. Alex allait s'arrêter quand le début d'une conversation attira son attention. Il reconnaissait la voix. Kerdec appelait d'une ligne inconnue un téléphone surveillé.

– Tu es avec lui ? Passe-le-moi.

Sa voix était tendue, presque angoissée.

Une voix juvénile acquiesçait, puis une voix plus grave prenait la suite.

– Ça va ?

La voix de Keanu, songea Alex, maintenant je connais ta tête et peut-être ta voix, enfoiré. Je vais te trouver. Je te promets que je vais te trouver.

– Oui, mais ça bouge. On peut pas se retrouver ce soir. Ça m'a fait du bien de te voir après la visite de cet autre enculé de keuf, quel cinglé ce mec ! Mais t'inquiète pas, continuait Kerdec sur l'enregistrement, je m'en occupe, j'ai les moyens de le tenir à distance et de le neutraliser. Sérieux, faut pas que ça te tracasse. Pas un souci, ce connard. En revanche, aucun rapport, mais là, ce soir, je peux pas, ça bouge. J'ai un truc vraiment vraiment important. Je voulais te le dire, que ce soit clair. La visite, on la fera plus tard, hein ? Pas grave. On dit demain. Ça te va demain ? Même endroit.

L'autre disait oui. La voix de Kerdec se détendait un peu.

Alex se demandait ce qui se passait. Si le type auquel Kerdec parlait était bien le barbu des photos, il devait être diablement important dans son système pour qu'il le traite avec des égards dont il ne devait pas être coutumier. Il repassa les phrases sur sa capacité à le neutraliser. Le frisson familier s'agitait le long de sa colonne vertébrale.

Un vrombissement lui fit tourner la tête, des feux se déplaçaient à vive allure au-dessus de la mer. Un hélicoptère. Il se dirigeait vers le sémaphore ou Saint-Brieuc.

Le téléphone sonna juste au même moment. C'était Yves.

– Alex, qu'est-ce qui se passe ?

– Sais pas, tu parles de quoi ?

– Sur les réseaux internes voitures. Un truc à Saint-Quay, une fusillade au port. Et ça a l'air de durer. Mais on positionne les renforts locaux assez en amont. On n'engage personne de nos effectifs. C'est une opération extérieure.

– Extérieure ?

– Le GIGN ou un truc comme ça.

Tout en parlant Alex suivait des yeux l'hélicoptère qui venait de virer de cap et plongeait vers le nord.

– Tu es où ?

– À Saint-Brieuc.

– Je sors le bateau. Je vais passer par la mer. J'ai un hélicoptère en visuel qui fait cap au nord. Ça n'a aucun sens. Bon, je te tiens au courant.

– OK. Fais gaffe à toi.

Alex monta. À l'étage tout le monde dormait. Il laissa un mot sur la table de la cuisine. Descendit pour s'équiper d'une veste de quart et de son arme puis commanda l'ouverture du hangar avant de faire descendre le semi-rigide.

La mer était plate et la luminosité acceptable. Il mit cap au sud et longea la falaise. Il ne lui fallait que quelques minutes pour atteindre le port. L'hélicoptère n'était plus qu'un point sur l'horizon. Il passa devant Saint-Marc et continua vers le sémaphore, au plus court.

Une lumière ultra-brillante apparut soudain dans son champ de vision sur sa gauche, à l'horizon. Il tourna la tête et vit une explosion semblable à une comète touchant le sol. Avec un léger décalage, une déflagration fendit l'air, et une nuée brûlante comme une boule scintilla fugitivement. Puis plus rien.

Il avait ralenti l'allure au niveau de la pointe du sémaphore et reprit son cap. Droit devant lui, le môle du port se dressait comme une barre claire dans la nuit. Quand il le dépassa pour entrer au ralenti, il découvrit un spectacle hallucinant. Face à lui, des phares surpuissants éclairaient comme en plein jour le ponton 7 destiné à accueillir les visiteurs.

Des forces spéciales tout en noir, casquées et masquées, progressaient sur le ponton et sur deux grands zodiacs qui encadraient la passerelle. Des hommes étaient allongés mains derrière la nuque au bout du ponton. D'autres gisaient au sol, comme des pantins.

Des tirs retentirent à cet instant. Les coups de feu lançaient des éclairs brefs vers le ponton 9. Un bateau resté dans l'ombre venait de démarrer en trombe et un des occupants tirait en rafales, prenant les commandos à revers.

Alex vit l'un d'eux s'écrouler. Un autre plonger au sol en ripostant et hurlant : « Police ! »

Alex sortit son arme et ouvrit le feu au jugé.

Une balle ricocha sur la console de l'embarcation qui venait vers lui à toute allure. Décontenancé, le tireur manqua de tomber à l'eau. Le bateau vira à toute allure à la fin du ponton pour prendre le cap de la sortie du port.

Alex enclencha les gaz à fond et tourna vers lui. Accroupi contre la poignée de l'accélérateur pour être protégé par le cockpit, il fonçait droit sur l'embarcation. Le pilote hurla quelque chose dans une langue qu'il ne connaissait pas. Alex accéléra encore. Les balles crépitaient au-dessus de sa tête. Il n'était plus qu'à vingt mètres du bateau, dix : le pilote hurla encore. Puis Alex tourna la barre au moment où il allait heurter l'avant. Son semi-rigide se cabra en passant à demi par-dessus l'autre, le repoussant sur le môle. Alex évita ce dernier de justesse et repartit droit sur les îles. Il se retourna pour voir le bateau percuter l'amoncellement de rochers et décoller à la verticale pour retomber sur les blocs. Éjectés, les occupants semblèrent voler une seconde puis une gerbe de feu et une explosion brouillèrent tout. Le bateau disparut dans une lumière éblouissante.

Alex coupa les gaz. Il tremblait. Il rangea son arme et leva les mains en l'air. Deux vedettes rapides de la gendarmerie venaient sur lui, l'aveuglant de leurs phares.

33

Le lendemain matin, les enfants se disputaient au petit-déjeuner.

Alex les fit taire et monta le son de la radio. Le présentateur évoquait une opération antiterroriste au large des Côtes d'Armor.

Il saisit la télécommande de la petite télé posée dans la cuisine et l'alluma sur une chaîne d'info. Un bandeau rouge type *Breaking news* défilait sur le même sujet. Des images nocturnes de ce à quoi il avait assisté dans la nuit.

Il avait à peine dormi. Il était plus de quatre heures du matin quand il avait pu rentrer chez lui. Il était épuisé, et son corps lui donnait l'impression d'avoir été passé à la moulinette. Malgré les calmants qu'il avait pris, les contusions multiples reçues dans le choc se rappelaient en permanence à lui par des élancements douloureux.

Mairead passa sa main sur sa joue. Elle se tenait derrière lui. Alex tourna le visage pour lui sourire. Il monta le son.

– Une figure majeure du terrorisme international aurait été neutralisée hier soir en mer, annonçait le présentateur. Jamal al Wizri, financier historique de Daech, aurait été intercepté alors qu'il fuyait dans une vedette rapide après une tentative d'arrestation dans un port des Côtes d'Armor, non loin de Saint-Brieuc. Des renseignements avaient permis d'identifier une opération de transports de fonds et de drogue dans trois bateaux de plaisance.

Jean-Jacques Henriot, vous êtes notre spécialiste police justice, que peut-on dire à cette heure sur une opération incroyable, à la James Bond, mais au périmètre un peu confus…

Le journaliste parlait en direct de l'esplanade du port. Des hommes se déplaçaient devant lui, des policiers ou des militaires lourdement harnachés. Les images passaient en boucle, prises de loin. Mais on voyait des sacs frappés des mêmes logos qu'Alex avait vus sur les photos du journaliste et sur le tatouage du barbu.

– Oui, à cette heure, les réactions officielles arrivent par bribes, et on parle surtout en off dans les milieux proches des ministères de l'Intérieur et de la Défense. Ce que l'on sait, c'est qu'une coopération internationale de grande ampleur a donné lieu dans la nuit à ce coup de filet spectaculaire. Plusieurs terroristes sont morts dans les affrontements dans le port de Saint-Quay-Portrieux au cours de ce qui ressemblait, d'après tous les témoignages convergents et les images dont nous disposons, à une véritable opération de guerre. Plusieurs membres des forces de l'ordre auraient également été blessés. Le « ministre des Finances » de Daech, l'un des plus hauts responsables de l'organisation, serait mort dans l'opération, des sommes importantes ainsi que de la drogue auraient été saisies, et des informations non confirmées font également état de la possible présence de migrants parmi lesquels aurait pu être infiltré un commando destiné à opérer des attentats dans l'ouest de la France et en Angleterre au cours des prochains jours. Mais cela reste à confirmer. On ne sait pas encore quels services sont intervenus et si d'autres alliés ont été impliqués dans cette opération de grande ampleur. La mort du financier présumé de l'organisation est intervenue alors qu'il tentait de fuir par la mer. Le bateau dans lequel il circulait à vive allure, une vedette rapide, a été intercepté par ce qui pourrait être un tir de drone alors qu'il était sur le point de franchir la limite des eaux territoriales…

Alex coupa le son tandis que les chicaneries des enfants pour l'usage d'un pot de pâte à tartiner reprenaient de plus belle. Mairead se dirigea vers eux pour mettre de l'ordre.

Alex s'écarta vers la fenêtre et composa le numéro d'Yves. Son adjoint avait vu les mêmes choses, entendu les mêmes commentaires en boucle. Et, comme lui, n'avait aucune autre info par la voie interne.

Les porte-parole se succédaient. Seul le Covid limitait un peu les déclarations publiques emplies d'autosatisfaction de tous les membres du gouvernement qui considéraient pouvoir s'attribuer le mérite « d'une opération majeure », « d'un des coups les plus importants portés au terrorisme international ». L'escalade des superlatifs n'était limitée que par le masque. Le ministre de l'Intérieur s'exprimerait plus tard depuis le port, héliporté dans la matinée jusqu'au sémaphore. Des trafiquants locaux et de Kerdec, toujours pas un mot.

Alex commenta avec Yves les dernières infos et lui donna rendez-vous en fin de matinée au commissariat. Lui devait repasser signer une déposition et la transmettre à la gendarmerie pour l'enquête sur les événements de la veille.

Les enfants avaient disparu dans leurs chambres. Mairead s'approcha de lui de nouveau.

– Ça va aller ?

Il la serra contre lui.

– Bien sûr que ça va aller. Il faut que je trouve l'enfoiré qui est entré dans la maison. Et que je boucle ce dossier. Mais ça va aller, très bien. Et toi ?

Elle le regardait sans répondre.

– J'ai un peu peur, Alex.

– Il ne faut pas, dit-il.

Le pouvoir magique des mots. Si forts, même lorsque l'on sait confusément qu'ils ne sont pas vrais ou du moins très exagérés. Le même mécanisme qui fonctionne depuis des millénaires avec toutes les religions. Incroyable comme il est plaisant d'entendre des mots qui s'évanouissent instantanément mais prétendent servir de bouclier indestructible.

Ils restèrent ainsi un instant jusqu'à ce que le téléphone d'Alex émette un bip signalant l'arrivée d'un SMS. Alex soupira et attrapa son portable dans sa poche. Il ouvrit le message et appuya sur la photo. Elle apparut, floue puis plus précise, puis parfaitement nette.

Alex eut un mouvement de recul. Il était stupéfait.

Mairead fronça les sourcils.

– Qu'est-ce qui se passe ?

– Marco, dit-il, sans pouvoir détacher ses yeux de la photo.

– Quoi, Marco ?

Il retourna l'écran du portable vers elle.

– J'avais posé une petite caméra achetée dans la zone commerciale pour surveiller l'entrée de la maison de Marco après sa disparition, dit-il tandis qu'elle le regardait, incrédule. Un réflexe. Déformation professionnelle. Regarde : cette photo vient d'être prise il y a dix minutes.

– Mais le type qui ouvre la porte de la maison…

Il la coupa en hochant la tête.

– C'est Marco, oui. C'est indéniablement Marco.

34

Alex avait rappelé Yves pour décaler leur rendez-vous et lui avait transféré la photo et expliqué sa provenance. Puis il était parti en voiture sans perdre une minute. Il n'était pas question que Marco se volatilise de nouveau. Sur la photo, il paraissait en bonne santé. Alex, lui, était toujours sous le choc. Bien sûr, la vidéo qui témoignait de la présence du deuxième bateau avait ranimé en lui un espoir fugace que Marco ne soit pas mort. En tout cas, le scénario privilégié de la chute ayant entraîné la noyade n'était plus exclusif. Mais de là à voir Marco réapparaître comme si de rien n'était à son domicile… Il avait l'impression de recevoir un SMS de l'au-delà, de voir un fantôme.

La maison était située à proximité de Pordic, dans un des lotissements nouveaux qui avaient fleuri au cours des dernières années. Alex se gara dans la rue à une dizaine de mètres. Il attendit une minute en observant la façade. Rien ne bougeait, et aucune présence n'était visible. Il sortit et s'approcha. La petite caméra de surveillance était toujours à sa place. Il poursuivit jusqu'à l'entrée et sonna avec énergie. Il y eut un bruit de pas, une chaîne qu'on déverrouille, puis la porte s'entrouvrit.

Marco se tenait là, debout devant lui, à peine visible dans l'embrasure. Mais c'était bien Marco.

– Salut, Marco. Tu peux ouvrir cette porte ?

Marco referma le temps d'enlever la chaîne de sécurité puis ouvrit. Alex avança, et Marco s'effaça pour le laisser entrer.

– Salut, Alex. Comment tu as su que je…

– T'étais où, bordel ? le coupa Alex.

Ils se tenaient face à face dans le petit vestibule. Alex l'avait saisi aux épaules et repoussé contre le mur.

– Tu avais disparu, bordel ! Et nous, on remue ciel et terre, tu es au courant ? Romain passe ses journées à culpabiliser sur le fait qu'il est responsable, on essaie de pousser les AffMar à faire leur job, on cherche des preuves, on essaie de comprendre ce merdier, et soudain, tu te pointes, là, la fleur au fusil, de retour chez toi, et personne n'est au courant. Et si j'avais pas mis une putain de caméra pour surveiller les allées et venues, je l'aurais su quand ?

Il avait presque crié.

Marco perdit contenance d'un coup. Il y avait de la peur dans ses yeux, et il avait pâli.

– Je voulais… Je veux dire, je suis super content de te voir, Alex, mais je voulais rentrer chez moi. Je sais pas. Alex, je sais pas, bordel. Je voulais atterrir et puis je t'aurais appelé. Romain m'a prévenu qu'il fallait que je le fasse.

– Mais tu étais où tout ce temps ?

– Je sais pas où j'étais. Faut que tu me croies, Alex, je sais pas.

Alex sentit la colère monter en lui.

– Mais ce soir-là, celui où tu as disparu ? Tu te souviens de ce soir-là ? Il y avait bien un bateau, un autre ? Des gens, tu les as vus ? Tu sais ce qu'ils ont fait ?

Marco baissa les yeux.

– Il y avait un bateau. Deux même.

Il secoua la tête en reculant d'un pas vers le salon comme pour rompre le fil de la conversation.

Le son de la télévision depuis la cuisine se faisait entendre, lancinant.

– Mais je ne peux rien te raconter, Alex. Je l'ai dit à Romain. On parle pas de ça.

– Tu dis ce que tu veux aux autres, j'en ai rien à foutre. Mais pas à moi. Ça veut dire quoi, je peux rien raconter ?

Marco respira un grand coup.

– J'ai signé un accord de confidentialité. M'en demande pas plus.

Alex n'en croyait pas ses oreilles. Il avait l'impression de devenir fou.

– Un accord de quoi ? Et en échange de quoi ? enchaîna-t-il comme s'il n'avait rien entendu.

– Aucune poursuite, ni contre moi ni contre Romain ni contre Andrea. Pas de poursuites mais un engagement à ne parler de rien de cette soirée jusqu'à aujourd'hui.

– Mais tu l'as signé avec qui, ce putain de contrat ?

– Je suis désolé.

Il gagna la cuisine, Alex sur ses talons.

Derrière eux, sur l'écran de la petite télévision posée sur le plan de travail tournaient en boucle des images de l'intervention. On voyait des hommes habillés en ninjas, des sacs de drogue frappés du logo au dauphin ou aux deux sabres. Des photos du terroriste financier des organisations, d'autres complices présumés arrêtés dans le port.

Alex tentait de se calmer en se laissant porter par les images.

– Et bien sûr pas de Kerdec, commenta-t-il pour lui-même. Et pas de Neo…

– Tu as dit quoi ? demanda Marco.

– Comment ça ? Ah non, c'est la télé, ils montrent tous les protagonistes des événements autour de l'explosion en mer d'hier soir et tout ce bordel au port de Saint-Quay entre drogue et terro, mais t'es pas au courant non plus, j'imagine ? Et dans tout leur speech, pas un mot sur Alan Kerdec, un trafiquant de drogue sur lequel j'enquête. Rien sur toi non plus, d'ailleurs.

– Pas de Kerdec ni de qui tu as dit ?

– De Neo.

– Neo ?

– Comme dans *Matrix*, oui, tu as vu le film ? Neo, c'est Keanu Reeves, et je ne comprends pas pourquoi un barbu qui lui ressemble comme deux gouttes d'eau et qui apparaît partout dans ce dossier n'est pas cité non plus.

Il se retourna vers Marco. Celui-ci s'était figé. Il le saisit par le bras.

– Ça va, Marco ?

Celui-ci détourna les yeux.

– Ça va, ça va. Je suis fatigué, c'est tout.

Alex le regardait d'un air presque apitoyé à présent. Marco n'était pas fatigué. Il était terrorisé. Et qui que ce soit, celui qui lui avait fait signer ce papier devait avoir des arguments sacrément convaincants. Tellement que Marco n'aspirait qu'à une chose. Que ça s'arrête. Pouvoir se dire que c'était un mauvais rêve et ne plus jamais en parler.

Une trouille de dingue.

Alex avait envie de l'étrangler, de lui ouvrir le crâne pour fouiller dedans, mais il était verrouillé comme une huître. Rien à en tirer. Il avait suffisamment mené d'interrogatoires pour être certain qu'il n'arriverait à rien dans l'instant. Une impasse.

Après avoir rejoint sa voiture et s'être installé derrière le volant, il avait soufflé cinq minutes. Redescendre en pression. Il avait essayé de joindre Nuzac, en vain, puis l'enseigne de vaisseau Jombes. À sa grande surprise, celui-ci répondit.

– Vous allez bien, commandant ?

– Merci de me prendre au téléphone.

– Je vous en prie, je suis de permanence cette semaine et au sémaphore en ce moment.

– Ça a dû être la folie.

– J'ai vu plus calme effectivement, mais c'est retombé aujourd'hui. Les autorités descendues de Paris sont reparties aussi vite.

Alex trouvait son interlocuteur bien loquace. L'officier affichait une sérénité joyeuse qui transparaissait dans sa voix.

– Je vous appelais à propos de votre enquête, celle du disparu du parc éolien…

– Oui ?

– Eh bien, il n'est plus disparu.

Jombes ne disait rien. Mais Alex n'avait pas entendu le moindre signe de surprise.

– Je l'ai rencontré ce matin. Chez lui. Mais vous étiez au courant, peut-être ?

– Ça change radicalement les choses, c'est sûr, dit Jombes sans paraître le moins troublé.

– Vous allez faire quoi ? Parce que réapparu ou pas, ça ne change pas qu'on ne sait toujours pas ce qui s'est passé. Ce n'est pas tous les jours que la mer rend vivant un homme qu'elle a pris. Moi, il n'a rien voulu me dire.

Il y eut un bref silence, puis Jombes enchaîna :

– On va l'entendre, bien sûr. Mais de vous à moi, il y a plus urgent. Très pénible d'avoir dû mettre toute cette enquête en route, mais bon, l'essentiel est qu'il n'y ait pas de disparu. Enfin, on va voir.

– Le deuxième bateau sur zone est la clé, non ?

Une nouvelle fois, Jombes esquiva sa question.

– Je vous tiendrai au courant, mais tout ce qui s'est passé sur le port est prioritaire – vous imaginez les consignes et la pression sur une affaire d'une telle ampleur et aussi médiatique… et bien sûr, ça va nous donner encore pas mal de boulot.

Alex raccrocha sans un mot et reprit la route de Saint-Quay.

35

Le port était désert, et il n'y avait pas plus de dix voitures sur le parking quand il s'y gara à son tour.

Il trouva Romain au pôle plongée, occupé à ranger du matériel. Ce dernier leva les yeux et en voyant Alex devant lui, il comprit tout de suite.

– Alors tu es au courant ? Tu lui as parlé, toi aussi ?

– Oui, mais, moi, personne ne m'a prévenu, c'est un peu différent.

– Je te jure, moi aussi j'ai cru devenir fou. Quand j'ai entendu sa voix. Et après j'étais en colère.

Ils partirent vers la partie plaisance, puis devant le dispositif encore en place du ponton 7 au ponton 10, barrés et interdits à cause de l'enquête, ils bifurquèrent vers le vieux port.

– Tu savais alors ? interrogea Alex.

– Je peux rien te dire. Je sais seulement ce que m'a dit Marco, c'est tout. Il m'a appelé ce matin très tôt et m'a appris qu'ils allaient abandonner toutes les poursuites contre nous pour la violation de l'espace, etc. J'ai promis de ne pas diffuser le film aussi. Tu me promets que tu le feras pas ? S'il sort je vais replonger moi.

– Ils ?

– Je sais pas qui, mais on va bien voir. Si les poursuites sont annulées, c'est tout bénef pour nous. On a rien à perdre. Je veux pas en savoir plus, moi, tu sais. Le retour de Marco, c'est déjà un miracle.

Romain était agité : la même peur que Marco, mais sur un mode plus excité.

La litanie énervait considérablement Alex, mais à quoi bon le faire flipper davantage ? Ça ne le déciderait pas à vider son sac.

– OK, je te promets. Je diffuserai rien, répondit-il. T'es content ?

Romain parut soulagé.

– T'es d'accord ? Bien, super. Tu vois, c'est comme quand tu nous expliquais les contraintes de ton statut de flic. Ce que tu pouvais entendre ou pas. Eh ben là, c'est pareil. C'est pas les flics, mais c'est pareil. Une contrainte dont je peux parler à personne.

Alex lui sourit. De toute façon, s'énerver n'aurait servi à rien. Même s'il avait sacrément envie de lui mettre une bonne paire de baffes. Il faudrait vraiment qu'il ait une autre discussion avec Jombes. Si celui-ci voulait bien.

– Je comprends, Romain. Mais un truc.

Romain le regardait toujours inquiet.

– Pourquoi tu ne m'as pas prévenu ? Ce matin... Pourquoi tu m'as pas appelé ?

Romain se tortillait, les mains dans les poches.

– Je pouvais pas. Marco m'a dit que je pouvais pas. Parce que je t'avais donné les films. Bref, une condition du deal pour que je ne sois pas inquiété, c'était que je te parle pas.

Il regardait autour de lui comme s'il craignait d'être surveillé. Alex serra le poing dans sa poche. Il avait une envie folle de le balancer à l'eau.

– OK. Autre chose.

Il sortit une enveloppe blanche de la poche intérieure de son blouson.

– Regarde-les. Regarde-les bien. Ça fait mal, mais c'est utile. Ce sont des photos de la victime, le cadavre sur le bateau. Nolwenn Hubert. Une fille bien.

Romain avait posé ses doigts sur l'enveloppe qu'Alex tenait toujours. Il n'arrivait pas à s'en saisir.

– Pourquoi tu me donnes ça ? Quel rapport ?

– Je sais pas. Mais tout me laisse penser qu'il y a un rapport avec Marco. Si je pose des questions, moi, c'est uniquement pour trouver son assassin. Et n'importe quel détail peut m'aider. Alors si la mémoire te revient malgré Marco et les trucs qui te sont interdits... C'est d'un assassinat qu'on parle là.

Il plongea ses yeux dans ceux de Romain, qui le fuirent. Il se demanda s'il y avait une petite chance de le déstabiliser, de les faire bouger lui et Marco. Rien à perdre de toute façon. Sauf la faute que constituait la diffusion de ces photos qui faisaient partie de la procédure. Mais là, vu où on était arrivé, songea-t-il, ça ne changeait plus grand-chose. Pour l'instant, il était en échec. Quelle que soit la direction dans laquelle il se tournait, les portes se refermaient.

En voyant Romain disparaître en direction des bâtiments du pôle plongée, Alex se dit que ces types ne vivaient pas dans le même monde que lui. Il ne leur en voulait même pas. Il regarda sa montre. Il fallait qu'il retourne au commissariat où il était convenu de se retrouver avec Yves.

Ne pas se laisser décourager. La chasse continue.

Les portes se ferment ? On reprend les éléments qu'on a, on les relit, on trouve ce qu'on n'a pas vu encore. On en invente d'autres, des portes.

36

Le quartier de l'Europe s'était développé face au port du Légué, contre la commune de Cesson avec qui il avait établi un continuum urbain. Des immeubles datant des années soixante-dix et quatre-vingt voisinaient avec des pavillons. Un quartier résidentiel un peu déclassé et triste. Alex quitta la rue de l'Europe sur la droite et gara la voiture rue de Lisbonne. Ceux qui avaient choisi les noms des nouvelles rues devaient avoir envie d'inciter au voyage. Intention qui, avec le recul, était devenue involontairement ironique. Ici, on ne voyageait pas tant que cela. On restait seulement parce qu'on ne pouvait pas aller ailleurs. En s'efforçant de supporter le harcèlement, les nuisances du trafic de drogue, la petite délinquance.

– Tu vois, avait dit Alex à Yves, les yeux sur la carte de l'agglomération de Saint-Brieuc affichée sur son portable. J'ai repris toutes les données qu'on avait et je les ai croisées : les géolocalisations des téléphones, la dernière demande que tu avais faite sur le numéro du Moldave que tu as retrouvé, et puis les relevés des balises des voitures de Kerdec. Et devine quoi, ça atterrit là.

Il pointait le quartier de l'Europe.

– Le téléphone du Moldave borne là le soir de l'assassinat. Une voiture de Kerdec y passe. Puis la voiture repart vers chez lui et circule à proximité de l'ancien abattoir. Le téléphone est éteint mais se rallume là le lendemain.

Et une voiture y apparaît à nouveau très tôt le matin. Puis, à nouveau, deux jours plus tard. Un aller-retour de chez Kerdec vers le même endroit.

– Et y a quoi là ?

– Des maisons. Une au moins qui est un squat.

Ils connaissaient bien le coin. Une multitude d'incidents les y avaient opposés à des jeunes des cités voisines. Et ils essayaient d'y intervenir régulièrement pour déranger les points de deal mouvants qui passaient d'une cage d'escalier à l'autre.

– Ça vaut le coup d'aller jeter un œil, non ? avait conclu Alex.

Rester le chasseur.

Depuis la place où ils étaient garés, Alex et Yves avaient une vue imprenable sur les barres d'immeubles devant eux et le mélange d'habitats de toutes sortes qui descendaient vers la mer.

Ils se dirigèrent à pied vers l'adresse qui les intéressait. L'immeuble était une petite construction cubique, une copropriété à taille humaine qui devait, dans l'esprit de ses concepteurs, allier le charme de l'habitat indépendant et le confort du collectif. Une idée dont il ne restait plus grand-chose trente ans plus tard. La façade défraîchie était affligée de fenêtres dépareillées. Le petit jardin était en friche. De part et d'autre de l'immeuble, légèrement en retrait de la rue, deux pavillons jumeaux carrés, hauts d'un étage et surmontés d'un toit en ardoise pyramidal, paraissaient abandonnés. Les ouvertures de l'un étaient murées. L'autre avait encore des volets fermés sauf sur l'une des deux fenêtres de la façade dont les carreaux étaient cassés. Le front de celle de droite avait été recouvert de tags colorés. Alex les connaissait pour avoir vu la même signature sur les ouvrages enjambant la voie rapide qui délimitait le haut du quartier. Des marques de territoire. Pas toutes liées à la drogue, mais certaines oui. Le quartier était un des lieux de trafic de la ville, une base arrière surtout. Ils avaient souvent eu l'occasion d'y effectuer des surveillances. L'idéal aurait été de consacrer deux-trois jours à une bonne analyse et de monter une opération d'intervention, mais pour l'instant, ils ne disposaient pas des effectifs suffisants. Selon ce qu'ils trouveraient, il serait toujours temps d'essayer de redimensionner le dispositif.

– Le signal venait de derrière l'immeuble, indiqua Yves. Le fond du jardin ou l'une des deux maisons.

Alex opina.

– Reste là et surveille. Je vais jeter un œil.

Le lieu semblait désert.

Alex ouvrit le portillon sur la gauche de l'immeuble. Il grinça mais se rabattit. Le policier longea le bâtiment. Le jardin s'étendait un peu plus loin qu'il ne l'avait imaginé. Il fit le tour sans voir âme qui vive. Il s'apprêtait à revenir sur ses pas quand il entendit une porte claquer. Un homme vêtu d'un survêtement blanc et coiffé d'un bonnet, un sac-poubelle à la main, venait de sortir par une petite porte en acier et marchait à pas lents. Alex avait vu des containers tagués laissés presque en travers dans la rue devant l'immeuble. Il rattrapa le type en quelques enjambées et l'interpella.

– Bonjour, vous avez une seconde ?

Le type sursauta. Il ne l'avait pas vu venir. Dans ses rêves. Il se retourna et fit face à Alex. Il avait le visage parcheminé, les yeux bouffis. Alex connaissait ça par cœur. La marque de l'alcool et des substances. Impossible de lui donner un âge. Trente-cinq ans, quarante peut-être. Mais vieilli prématurément. Le type leva devant lui une main comme pour se protéger, dans un geste lent. Ses doigts maigres étaient tachés de tabac.

– T'es qui ? dit-il d'une voix lasse. Qu'est-ce que tu veux ?

– Je cherche un type qui habite là.

Il sortit la photo dénichée par Yves et la mit devant ses yeux. L'autre l'observa un moment en silence.

– Il vient de Moldavie. Constantin.

– Je sais pas. En haut, peut-être, y a un Russe, dit le type.

Il tapotait la photo de son index.

– Comme lui. Peut-être. Mais je m'en fous moi, des Russes.

Il parlait plus fort, s'animant tout à coup comme si un mot lui avait rappelé quelque chose. Alex replia la feuille. Son cœur battait un peu plus vite. Si Constantin était là...

– OK, merci.

Ne pas faire plus de bruit que nécessaire.

Le type reprit son chemin, ses yeux s'étaient éteints à nouveau.

Alex s'approcha de la porte en acier et jeta un œil. Elle ouvrait sur un escalier qui devait desservir les deux étages. Il appuya sur le commutateur connecté aux oreillettes dont ils s'étaient équipés pour rester en contact.

– J'entre, je vais jeter un œil.

– Attends, tu veux pas qu'on fasse venir du monde ?

– Non, je jette juste un œil, je te dis.

Il entendit Yves soupirer.

– Reçu, j'arrive. Personne en vue ici. Je me positionne dans le jardin derrière.

– OK.

Alex passa la porte et commença à monter l'escalier. Le premier palier était désert. Il regarda par les portes ouvertes défoncées des deux appartements de l'étage. Il y régnait un désordre total. Il se dit que l'homme en jogging qu'il venait de croiser vivait peut-être là. Il reprit l'escalier, montant lentement les marches. Un Russe, ça ne voulait pas dire grand-chose. Le palier du deuxième était silencieux aussi. Pourtant Alex se tendit inexplicablement. Yves chuchota dans son oreillette :

– Ça va ?

– Jusqu'ici oui. Rien au premier. Mais rejoins-moi, je préfère. Je suis en haut.

La porte de droite avait disparu. L'appartement semblait vide. Alex le parcourut rapidement puis revint en arrière. La deuxième porte était fermée. Il appuya sur la poignée. Elle s'ouvrit. Il poussa le vantail et se raidit en l'entendant grincer. L'effet de surprise était raté.

– Police ! annonça-t-il. Il y a quelqu'un ?

Il sortit son arme et pénétra dans la pièce. Les fenêtres étaient obstruées, et il ne voyait rien. Il regretta de ne pas avoir de torche.

– J'arrive, dit Yves dans l'oreillette.

Ses pas se faisaient déjà entendre, résonnant dans l'escalier. Alex avança encore d'un mètre dans le salon, distinguant deux canapés crevés et une vieille télé au milieu d'un fatras indescriptible. Deux portes à demi ouvertes ouvraient sur d'autres pièces.

Alex avança en les surveillant alternativement. Il allait se tourner vers la gauche quand une ombre surgit, faisant voler une chaise vers lui. Il leva la main dans un geste réflexe et l'acier du dossier heurta son bras, une douleur sourde irradiant tout à coup l'ensemble de son membre depuis l'épaule jusqu'au bout des doigts. Il se courba en deux sous la douleur et fit face. Une silhouette traversait la pièce.

Il entendit Yves crier :

– Stop, police !

Il devait être sur le seuil de l'appartement. La silhouette se figea et repartit en sens inverse.

– Arrête-toi ! cria Alex en pointant son arme.

Comme s'il n'avait rien entendu, l'homme recula vers la pièce d'où il venait. Alex se rua en avant, serrant les dents. Il vit Yves sur sa gauche.

– Ça va ?

Il fit signe que oui puis passa la porte.

L'homme avait ouvert la fenêtre et s'apprêtait à l'enjamber. Dans la lumière, Alex reconnut le visage, les joues, le crâne rasé. Constantin Russu était moins grand qu'il l'avait imaginé. Le Moldave le regarda une fraction de seconde puis tendit le bras, une arme à la main, et ouvrit le feu. Alex se jeta sur le côté en ripostant.

En tombant, il vit le chambranle de la porte sur sa gauche exploser et le Moldave projeté en arrière basculer par la fenêtre. Yves s'était reculé juste à temps. Il entra dans la pièce et se précipita à la fenêtre.

– Il est où ? hurla Alex.

Yves rangea son arme.

– Il est en bas et il bouge pas, viens on descend. J'appelle les secours.

– Attends, répondit Alex. Fais venir le groupe en parallèle, tout de suite. Quoi qu'ils fassent, ils arrêtent et ils rappliquent. On passe tout au peigne fin. Tout de suite. Moi, je descends, toi, tu commences à fouiller.

Il dévala les escaliers et sortit par la porte en fer. Il s'approcha prudemment, son arme pointée. Le Moldave était immobile, allongé sur le dos. Il y avait du sang partout, sur son tee-shirt et son visage et au sol sous sa tête et son torse. Alex écarta l'arme tombée à un mètre de la main ouverte de Russu. Puis il se pencha et chercha un pouls. Mort. De ses blessures – deux tirs d'Alex qui l'avaient touché au torse – ou de l'impact de sa chute. Ou des deux.

Il le fouilla rapidement, mais il n'avait rien sur lui. Puis il remonta en courant. Yves examinait avec méthode, passant en revue tous les meubles un à un en silence avec une économie de gestes professionnelle.

– Tu as trouvé des choses ?

Yves désigna du doigt une commode au fond.

– Regarde là-bas dans le tiroir.

Alex s'approcha et baissa le regard sur le tiroir au sol. Des couteaux apparaissaient sous du linge épars. Il réfréna l'envie de s'en saisir pour les examiner et se contenta de les photographier sous tous les angles. Peu de chances que ce soient les armes du crime, mais c'étaient des couteaux de boucher. Le type avait dû les dérober dans l'abattoir.

– J'ai deux téléphones aussi et un enregistreur.

Alex enfila des gants et saisit l'enregistreur. Il revint en arrière et appuya au hasard sur la touche lecture.

Une conversation. La voix avec l'accent devait être celle du Moldave. Puis une autre qu'il reconnut tout de suite. Malzieu, le patron du *Pont-Aven*.

– Tu fais chier, disait-il. Je veux plus de ces trucs. Quand tu déconnais, toi, c'était une chose, mais je veux plus en être, je veux même pas être au courant, je promène plus cette saloperie.

Alex revint en arrière plus longuement puis enclencha de nouveau la lecture.

– Je te dis que je sais. Me demande pas comment. Cette salope parle aux flics…

Cette voix-là aussi, il la connaissait. Kerdec.

Il coupa et désigna l'enregistreur à Yves.

– Bon, descends près du corps. Dès que les collègues sont là, tu me préviens, et on fera une copie de ça. Moi, en attendant, j'écoute le max. Et on enrôle tout dans notre dossier Stups.

Il n'était plus temps de finasser. Quand tous les services de police et les magistrats allaient avoir l'info de leur expédition, l'atterrissage allait forcément être rude.

Alex appuya de nouveau sur la touche lecture.

Vingt minutes plus tard, la rue était devenue une sorte de camp retranché. Des voitures de police barraient les deux extrémités, et des hommes s'agitaient autour de la maison, dans le jardin où le Moldave était tombé et dans l'appartement. Alex sortit dans la rue et composa le numéro de Nuzac.

– Nuzac, c'est Dumas.

– Salut, Dumas, du neuf ?

Alex trouva que le gendarme avait la voix très sombre.

– Oui. On a retrouvé le Moldave. Dans un squat, quartier de l'Europe.

Il s'efforçait de parler calmement.

– On faisait une surveillance sur un dossier Stups. On est entré et tombé sur lui. Quand il s'est vu pris, le type a dégoupillé et a tiré. On l'a flingué. Le hasard…

Il y eut un silence à l'autre bout du fil, puis Nuzac répondit d'un ton toujours sombre où pointait un peu de suspicion :

– Merde… Vous avez trouvé des choses ?

– Oui, c'est là que ça va te plaire. On a retrouvé des couteaux de boucher. Un couteau à dépecer notamment. Des trucs qu'il avait dû piquer à l'abattoir. On va les faire analyser. On a aussi trouvé son téléphone et plusieurs puces. Il avait la manie d'enregistrer les conversations, visiblement. Des sortes d'assurance-vie, j'imagine. Ça va être analysé, mais on a des conversations avec le pêcheur du *Pont-Aven* à propos de la drogue. Le patron a dû faire du transport ou des livraisons pour eux. Et apparemment, il ne voulait plus. D'où possiblement le message du cadavre déposé sur son pont. Et puis, on a Kerdec aussi. Assez explicite pour ce que j'ai entendu. Si tu veux mon avis, c'est peut-être le Moldave qui a tué Nolwenn, en tout cas, il était dans le coup. Mais si

Kerdec n'a pas fait tout ou partie du job, il est le commanditaire. Enfin un truc positif dans cette galère.

Nuzac ne disait rien.

– T'es toujours là ?

– C'est génial, sauf qu'on est dessaisis, Dumas, répliqua le gendarme d'une voix blanche.

Alex explosa.

– Pardon ?

– On est dessaisis de l'enquête. Nous et pas seulement nous, le juge aussi. Tout part à Paris. Associé au dossier terro. Je pensais que tu m'appelais pour ça. Tes preuves, tu peux les oublier. Elles sont plus à toi.

Alex avait le sentiment qu'on venait de lui plonger la tête sous l'eau. Un coup de massue. Il sentait le sol se dérober sous ses pieds. Au loin, il vit une silhouette familière qui remontait la rue, imperméable flottant au vent. Lelièvre.

– On va voir. Attends, je te rappelle, j'ai Lelièvre qui arrive.

Il resta au milieu de la rue jusqu'à ce que le magistrat arrive à sa hauteur. Il avait le visage fermé.

– Je commence à en avoir plein la casquette de vous, Dumas, attaqua-t-il. C'est quoi cette fois ? Je pensais avoir été clair.

– C'est un dossier Stups, monsieur le procureur. On avait ce squat dans le viseur depuis longtemps. On avait noté de l'agitation. Et puis on est tombé dessus.

– Ne me prenez pas pour un con, Dumas.

– On a trouvé des tas de choses, des conversations…

– … que vous n'exploiterez pas parce que cette enquête qui n'était déjà pas la vôtre l'est encore moins depuis que mon collègue et votre ami Nuzac ont été dessaisis. Alors rendez compte, terminez, nettoyez ce bordel et retournez chez vous.

37

Quand Alex rentra chez lui, la maison était vide. Mairead et les enfants étaient partis se promener. Ils lui manquaient. Et il n'arrivait pas à chasser l'inquiétude qui le tenaillait. Ces types sur qui il enquêtait avaient au moins atteint leur but en perturbant sa tranquillité d'esprit. Enfoiré de Keanu Reeves.

Il ouvrit son ordinateur.

Les lignes d'écoute étaient interrompues ou en tout cas plus disponibles. Le flux de photos tari, les balises déconnectées.

Tous les fils se coupaient l'un après l'autre. Ça commençait à devenir flippant.

Il rouvrit le dossier où il avait archivé les éléments intéressants sur lesquels il comptait revenir. Il fallait repartir de ce qu'il avait. Il s'efforçait de ne pas laisser le découragement prendre le dessus, mais l'analyse objective de la situation n'engageait pas à l'optimisme. Il regarda sa montre. Yves était en retard.

Quand ce dernier arriva quelques instants plus tard, il arborait un pull rouge sur lequel était inscrit en noir « no future ». Alex n'était pas certain de deviner la raison de ce manifeste mais ne jugea pas nécessaire de poser la question. Yves avait sous le bras un dossier qu'il laissa tomber sur la table basse du salon. L'air contrarié de son visage donnait à sa physionomie un air nettement moins engageant.

– Quelle merde. Ils nous ont coupé les pattes au moment où on touchait quelque chose… Qu'est-ce qu'on peut faire ?

– On n'a pas trop le choix. Avec les enquêtes délocalisées et le silence auquel nous sommes confrontés, tout ce qu'il nous reste, ce sont nos procédures Stups à travers lesquelles on arrivera peut-être à attraper Kerdec. Peut-être que les anti-terro les lieront aussi à leurs procédures à un moment, mais en attendant elles n'ont pas disparu, même s'ils nous ont coupé les écoutes et le reste. Donc on repart de l'existant.

Ils regardaient tous deux la carte du site de l'ancien abattoir repéré par Yves.

– Tu en as parlé à Nuzac ?

– Pas encore. Et maintenant ça ne sert plus à rien, il n'est plus dans le coup.

– Lelièvre ?

Vu l'humeur du magistrat, c'est tout sauf une bonne idée, pensa Alex.

– On verra. Pour l'instant, pour moi, on est dans le cadre Stups. On fait un repérage, pas une perquise.

Il regarda sa montre.

– Bon. On va voir comment c'est ?

Quarante-cinq minutes plus tard, ils progressaient avec précaution dans le bois qui séparait la route du site industriel abandonné. Ils avaient laissé la voiture de l'autre côté des arbres, cachée dans un chemin de terre. À la lisière de la forêt, ils s'arrêtèrent pour observer aux jumelles les alentours. Tout paraissait désert. Ils traversèrent une pâture triangulaire pour rejoindre la route étroite, à peine carrossable, qui longeait le mur d'enceinte. À un endroit, celui-ci était écroulé sur la moitié de sa hauteur et sur une largeur d'un mètre, offrant un passage à peu près praticable. Ils repoussèrent la tôle ondulée rouillée qui avait été posée là pour colmater le passage et se glissèrent dans l'enceinte. Ils traversèrent la cour et ce qui avait dû être un quai de réception et de chargement, écartèrent les panneaux de plastique opaque qui séparaient le quai de l'ancienne usine et allaient entrer dans le hall quand le bruit d'un moteur les arrêta. Alex fit signe à Yves de reculer et de contourner le bâtiment. Ils venaient juste de se mettre à l'abri au coin du mur quand un van Mercedes noir aux vitres fumées vint se garer en marche arrière contre le quai. Une seconde plus tard, l'Audi de Kerdec qu'ils avaient balisée se rangea à côté. Alan Kerdec en descendit, vêtu d'un blouson de cuir noir, un bonnet sur la tête. Le chauffeur sortit également, et la porte coulissante du van s'ouvrit au même moment avec un bruit de commande électrique. Collés contre le mur, Yves et Alex demeuraient immobiles, la main sur leur arme de service. Alex voyait à peine par un angle très réduit, mais il reconnut de dos la silhouette caractéristique du sosie de Keanu Reeves. Ce dernier salua Kerdec, puis ils entrèrent tous deux par la porte devant laquelle Yves et Alex avaient reculé, suivis des deux chauffeurs. Leurs pas résonnaient dans le hall. Il y eut un bruit métallique de porte qui coulisse et claque. Alex risqua un regard mais il ne voyait rien. Il attendit pour s'assurer qu'ils aient disparu totalement et qu'aucun bruit ne se fasse plus entendre. Alors il fit signe à Yves, et tous deux rebroussèrent chemin jusqu'à la brèche puis jusqu'au bois et à leur voiture.

Cinq minutes plus tard, ils roulaient sur la nationale.

– Tu avais raison ! dit Alex. Top. Super boulot.

– On a eu un peu chaud.

– Oui, mais il faut de la chance aussi.

– Qu'est-ce qu'on fait de ça, maintenant ? demanda Yves.

La réponse d'Alex fusa.

– On garde ça pour nous. L'important, c'est l'homicide. On attend de voir comment ça tourne et on verra si on joue cette carte ou si on l'échange contre quelque chose. Mais c'est la seule qu'on ait. Alors on se presse pas de la mettre au pot commun.

Yves hocha la tête en signe d'acquiescement.

– Et tu veux pas accélérer sinon ? se moqua Alex. On n'a pas toute la vie non plus pour respecter les limitations de vitesse.

38

Alex montra de nouveau le geste, recula d'un pas et observa Sean effectuer son lancer. La canne siffla dans l'air, puis le moulinet commença à défiler tandis que le leurre scintillait un instant en suspens avant de retomber dans l'eau.

– Super ! l'encouragea Alex. Maintenant, ramène doucement.

Le leurre souple surfait à présent, dansant à la surface au gré des coups de poignet que donnait le petit garçon. Appliqué, il le ramena à bon port, un peu déçu quand même qu'aucun poisson ne soit venu se faire prendre au piège sur le chemin.

Depuis une demi-heure qu'ils alternaient les dérives dans le secteur des Poulins, derrière les îles, Sean se battait courageusement contre son matériel, progressant pas à pas. Ils étaient partis tous les deux à la pêche au bar pendant que les filles faisaient un atelier peinture. Alex profitait autant qu'il le pouvait de cet interlude familial rendu possible par le fait qu'il avait été dessaisi de l'enquête, mais il ne pouvait s'empêcher d'y penser.

Il avait croisé Malzieu sur le port. Ils s'étaient toisés de loin. Il avait aussi aperçu Marco et Romain qui marchaient sur le quai tandis qu'il passait en voiture. Ils s'étaient salués. Tout le monde se regardait en chiens de faïence. Les stigmates de l'intervention étaient bien là, dans le port.

Mais la couverture médiatique se relâchait peu à peu, faute de nouveaux éléments.

Alex rongeait son frein, ressassant la même question lancinante sur la manière de reprendre l'affaire.

– On va recommencer, mon grand, dit-il à Sean, mais attends, je replace le bateau pour qu'on fasse une nouvelle dérive.

Alex démarra le moteur et tourna la barre à fond pour se décaler de l'alignement de rochers qu'on voyait poindre. Le bruit d'un moteur lui fit alors tourner la tête. Un White Shark blanc arrivait depuis le nord, arrondit sa trajectoire pour éviter les zones les plus dangereuses puis reprit son cap, faisant route droit sur eux.

Alex redressa sa barre et essaya de reconnaître le bateau. Il aperçut sous une casquette noire des Yankees le visage de Marco et à côté de lui celui de Romain. Depuis la conversation qu'ils avaient eue, il n'avait eu aucune nouvelle. C'était en termes d'enquête ce que les marins appellent le calme plat.

Il coupa les gaz.

Le White Shark vint bord à bord du semi-rigide, les boudins de défense s'écrasant mollement contre la coque du bateau blanc.

– Romain peut rester avec Sean une minute ? demanda Marco. Tu montes avec moi, j'ai un truc à te dire.

Alex hésita une seconde puis fit signe que oui de la tête. Il se pencha pour parler à Sean, enfonça la casquette des Celtics de Glasgow sur la tête de son fils puis passa à bord du White Shark. Romain fit la manœuvre inverse, et Marco enclencha les gaz cap au nord-est en direction du plateau des Hors.

– Tu m'emmènes ou ?

– Relever les casiers, ricana Marco.

Ils firent route quelques minutes en silence, puis il ralentit et s'immobilisa à nouveau. La mer était presque plate, un léger clapot faisait rouler le bateau.

– Alors ? interrogea Alex en surveillant du coin de l'œil le point presque invisible de son propre bateau au milieu des îles.

– Alors, Romain m'a passé tes putains de photos. (Il soupira.) Alex, j'en ai marre de plus dormir. Et marre de ce qu'on m'a fait. J'ai réfléchi depuis qu'on s'est parlé. Ils m'ont pris comme une valise, rangé quelque part. Oh, j'ai été plutôt bien traité, et ils m'ont dit dès le début que ce ne serait pas si long. Que c'était une question de sécurité nationale. Des conneries. Mais ils avaient pas le droit, si ?

Alex ne répondit pas.

– Bref, j'en dors plus de tout ça. Et tes photos, ça m'a fait comme un électrochoc.

Il s'interrompit, un air grave sur le visage.

– Ce que je vais te dire me met peut-être en danger mais tant pis. J'y ai réfléchi et j'en ai parlé avec Romain. Alex, j'ai confiance en toi. Je sais que tu penses que je suis un charlot et qu'on déconne, Romain, moi, tout le monde, et sans doute t'as raison. Mais je suis pas un connard. Si je peux aider à arrêter un mec qui fait des choses aussi dégueulasses, j'ai pas le droit de trouver des prétextes. Voilà ce que je me suis dit.

Alex sentait qu'il s'encourageait lui-même pour ne pas perdre pied. Marco avait eu le cran de revenir sur sa position, mais maintenant qu'il était en situation et ne pouvait plus vraiment revenir en arrière, il sentait sa détermination faiblir. Un grand classique. Alex avait vu ça cent fois en audition. Ne rien dire. Le laisser dialoguer avec lui-même.

– Faut que ça finisse, poursuivit Marco. Je sais que tu me balanceras pas, alors je vais tout te dire.

Alex s'efforçait toujours de ne rien montrer. Il n'était pas du tout certain du lien entre l'assassinat de Nolwenn et la disparition de Marco, en tout cas, il n'avait aucune preuve. Pourtant son pari sur les photos était vraiment en train de marcher. Il respirait calmement, mais son cœur battait plus vite.

– Ce type que tu as vu dans l'entourage de ton trafiquant. Celui dont tu m'as parlé l'autre jour. Le mec avec le tatouage des dauphins. Qui ressemble à Keanu Reeves. Ben, il s'appelle pas Neo.

Alex ne put s'empêcher de sourire.

– Sans blague ?

– Ta gueule, Alex, c'est pas le moment.

Alex leva la main pour s'excuser.

– Il s'appelle Stéphane Barré. Enfin, il s'appelait comme ça. Maintenant, je ne sais pas. Il a sans doute d'autres noms. Je l'ai connu dans l'armée. Mais lui a suivi un autre parcours. Spécialisation forces spéciales. 13e RDP. Il a rejoint la DGSE. Après, je ne sais pas. Mais le vrai truc, c'est qu'il était sur zone ce soir-là. Les autres étaient descendus depuis vingt, vingt-cinq minutes. Un semi-rigide est arrivé sur moi comme une balle, un Sillinger. J'ai balisé. Je préparais mon baratin. J'ai même pas eu le temps de démarrer et de donner l'alerte. J'étais sûr que c'étaient les keufs. Y avait deux types à bord. Ils ont accosté, et là, je l'ai reconnu. J'ai dit : « Stéphane ? Qu'est-ce que tu fous là ? »

« J'étais soulagé et flippé à la fois. Les deux se sont regardés. L'autre a dit : "C'est quoi ce bordel ?" Stéphane lui a fait signe de se taire. Il m'a souri. Puis il a sauté à bord, sorti un flingue et m'a braqué. La suite, tu la connais presque : j'ai entendu le bruit d'un deuxième bateau. Puis ils m'ont mis une cagoule sur la tête, entravé les poignets. Ils m'ont passé sur l'autre bateau, assis sur le pont, et on est repartis comme une fusée. J'étais mort de peur. C'était comme dans un film. James Bond, le truc.

Alex l'écoutait en silence. Le puzzle prenait forme. Il respira longuement.

Keanu Reeves avait un nom.

Et lui avait enfin trouvé le lien qu'il cherchait.

39

Lelièvre avait donné rendez-vous à Alex hors de son périmètre habituel, dans un café du centre-ville, dans une des petites rues anciennes qui serpentaient en contrebas des grandes allées droites menant à la gare ou au palais de justice.

Dans ce décor différent, la physionomie du magistrat, vêtu de son éternel imperméable, semblait plus douce, privée de la solennité de la fonction. Il était assis au fond, derrière une petite table en zinc noir. Alex s'installa en face de lui. La glace derrière Lelièvre lui renvoyait son propre visage fatigué. Lelièvre lui sourit, et pour la première fois, Alex trouva qu'il faisait plus que son âge.

– Qu'est-ce que vous buvez ?

Il prit un Coca zéro. Lelièvre un demi.

Il trempa ses lèvres dans son verre et se lança.

– J'ai des nouvelles. Les deux affaires sont bien liées, et je sais qui était le lien, monsieur le procureur. Marco a vu un type qui est dans l'entourage de Kerdec, celui qui s'est introduit chez moi. Mais lui l'a vu en mer, sur un zodiac. Ce type est le chaînon manquant. Il s'appelle Stéphane Barré. Et ma question est donc : qu'est-ce qu'un mec qui gravite autour des forces spéciales ou y appartient faisait là, au milieu de l'océan, et qu'est-ce qu'il faisait, tatoué du nouveau logo commercial qui monte dans le milieu de l'héroïne la plus pourrie ? Et qu'est-ce qu'il y faisait ensuite avec l'appui et le soutien logistique des États-Unis ou de je ne sais qui et de leurs drones, dans l'espace aérien international ?

Lelièvre le regardait patiemment dérouler son réquisitoire.

– Seulement ça ne change rien : les deux enquêtes sont enterrées. Enfin, en tout cas hors de contrôle pour nous. Les services locaux dessaisis, j'imagine, pour se justifier, de l'impact médiatique intense. Nous n'avons plus d'éléments. Et les dernières preuves retrouvées nous échappent.

Le magistrat hocha la tête.

– Qu'est-ce que vous voulez, Dumas ?

– La vérité, monsieur le procureur. Et la justice.

– C'est beaucoup.

– Ça dépend de quel point de vue on se place. A minima, monsieur le procureur, je veux être sûr que Kerdec plonge pour ce qu'il a fait à Nolwenn Hubert. Nous avions des soupçons. Nous avons aujourd'hui des preuves. Enfin, nous les avions.

Il lui résuma de nouveau toutes les découvertes faites avec Nuzac, omettant seulement ce qui concernait l'abattoir. Lelièvre écoutait sans surprise. Alex se demanda s'il était déjà au courant.

– Je me réjouis en tout cas du bon climat de travail entre police et gendarmerie, sourit le procureur.

– Vous pouvez. Nuzac est un mec bien. Mais ça ne règle pas notre problème. Qu'est-ce qu'il faut faire, vous pensez ?

– Je pense qu'il faut nous retrouver cette après-midi dans le bureau du préfet. Le directeur départemental m'a appelé juste avant notre rendez-vous : le préfet veut nous voir, vous, lui, Nuzac et moi, à dix-sept heures cette après-midi.

– Vous l'interprétez comment ?

– Je ne sais pas, mais je n'aime pas trop ça. Le DDSP m'a dit qu'il fallait faire atterrir tout cela. Ça vous rendrait optimiste, vous ?

– Non, monsieur le procureur, mais tant que je peux taper Kerdec, à la limite je veux bien qu'ils gardent leurs cachotteries.

– Ne rêvez pas. Vous ne l'aurez pas.

– Mais il y a des preuves ! répéta-t-il. Les conversations retrouvées chez le Moldave.

– Vous les avez entendues ?

J'en ai même une copie, pensa-t-il.

– Oui. Nuzac est au courant aussi.

– Nuzac est un militaire. Il ne bougera pas.

– Moi, je ne le suis plus.

– Vous avez une famille et une carrière. Ça se pèse avant de se bousiller. Je me suis posé la même question toute la matinée, figurez-vous. Et par ailleurs, même si vous avez des copies, ces preuves sont dans d'autres procédures. Régulièrement, on ne peut rien faire.

Le procureur souleva sa bière pour trinquer.

– Vous êtes un bon flic, commandant. J'espère pouvoir continuer nos conversations impromptues.

Alex leva son Coca et but une gorgée.

– Dix-sept heures alors ?

– Dix-sept heures.

40

Le préfet entra dans la salle de réunion où Lelièvre, le DDSP, Nuzac et Alex attendaient en silence depuis dix minutes, se regardant les uns les autres. Vêtu d'un costume gris sombre et d'une chemise bleu ciel sur laquelle ressortait une cravate bordeaux, le préfet s'assit à ce qu'Alex devina être sa place habituelle.

– Bonjour à tous, et je vous prie d'excuser mon retard. Merci d'avoir répondu à cette invitation de dernière minute. C'est une réunion un peu inhabituelle. Mais les événements survenus depuis plusieurs semaines et, en particulier, ces derniers jours le commandaient, me semble-t-il.

Alex se demandait où il voulait en venir. C'était en tout cas la première fois que, pour une réunion de ce type, on lui demandait de laisser son téléphone portable dans une salle attenante.

– L'opération qui a eu lieu contre des actifs clés de puissances terroristes ces derniers jours a été une formidable réussite. Elle est venue consacrer un travail colossal de recherche, d'informations et de préparation. À l'échelle internationale. Cette opération a été exécutée dans le département par des services spécialisés en lien avec les forces spéciales de pays alliés. Il s'agit d'actions de guerre davantage que de police ou de gendarmerie. Certaines présences d'éléments extérieurs aux effectifs du département nous ont été mentionnées. Mais de manière vague. Nous savions qu'ils opéraient mais rien d'autre. C'est dans ce contexte que cette enquête est venue percuter des investigations locales placées sous votre autorité. J'en suis désolé, mais je ne m'en excuse pas. C'est le jeu. Nous ne pouvions rien vous dire, et je ne peux encore rien dire parce que ces faits sont largement couverts par le secret-défense. Au lendemain des événements, toutes les enquêtes dont des actes se sont croisés ont donné lieu à des saisines afin de rationaliser le traitement et d'assurer la cohérence avec l'enquête principale et la protection du secret.

Magnifique formulation pour un enterrement. « Assurer la cohérence » apparaissait aussi joli à Alex que « neutraliser » pour « tuer ». Ces types avaient une science du mot juste vraiment exceptionnelle. Il sentait sa jambe s'agiter nerveusement sous la table.

– Encore une fois, poursuivit le préfet, je suis désolé de ces interférences. Vos qualités d'enquêteurs et vos mérites ne sont en rien mis en cause. C'est regrettable, mais c'était inévitable pour l'immense partie des sujets dont il s'agit. Ce que je veux vous dire, c'est que vous avez fait votre travail. Les choses s'arrêtent là, et nous passons la main. C'est tout. Je comprends votre frustration, croyez-moi. De ne pas avoir accès à tous les détails et de ne pas pouvoir poursuivre vous-mêmes l'enquête. Mais il ne faut pas se bloquer là-dessus.

Alex leva la main.

– Une question, commandant ?

– Oui, monsieur le préfet. Est-ce que le rôle d'Alan Kerdec dans la mort de Nolwenn Hubert est aussi couvert par le secret ?

– Les enquêtes concernant Kerdec sont en partie liées, oui. C'est pour cela qu'elles ont été rapatriées. Je n'ai pas d'autres infos à ce sujet.

Alex soupira et posa ses mains à plat sur la table.

– OK. Alors si vous êtes d'accord, je vais juste émettre une ou deux hypothèses, de ma propre initiative. Vous répondrez ce que vous voudrez, mais, moi, je ne viole aucune procédure au titre du secret puisque je ne sais rien. Voilà, nous avons Alan Kerdec, un dealer de petite dimension. Imaginons qu'il obtienne des informations de première qualité touchant des dossiers terro. Il pourrait essayer de les monnayer. Il pourrait même devenir une source en bonne et due forme en toute confidentialité. Imaginons encore que ces informations aient été monnayées avec d'autres pays alliés et que les services français voulant contrôler cette source multicarte aient infiltré quelqu'un auprès de lui, par précaution. Un agent de la DGSE est donc envoyé sur place, un type avec un tatouage de dauphin sur le bras, comme la marchandise nouvelle de qualité très supérieure qu'il propose à Kerdec. Le dealer saute sur cette occasion de développer son business. Ce militaire infiltré, s'il avait eu vent du dossier source que j'ai remonté en faveur de Nolwenn parce qu'elle voulait faire tomber Kerdec, aurait bien sûr fait en sorte qu'il ne soit pas approuvé. Parce que Kerdec est indispensable à l'opération antiterroriste. Nolwenn a-t-elle été imprudente, quelqu'un a-t-il dit un mot de trop ? On ne le saura sans doute jamais, mais cela a signé son arrêt de mort. Informé de la décision de Kerdec de tuer Nolwenn, notre infiltré prend peur. Il s'agit là de la responsabilité d'un assassinat. Il décide d'essayer d'empêcher le meurtre, mais devant être prudent et ne pouvant intervenir lui-même, il provoque une rencontre avec les siens au seul endroit où il est sûr de ne croiser personne : dans une zone interdite, au large, celle du futur champ éolien. Manque de chance, une triple coïncidence parfaitement imprévisible se produit cette nuit-là : le bateau que doit rencontrer l'infiltré est en retard. Un autre bateau est présent sur zone. Et lorsque, croyant identifier ses contacts, l'infiltré s'en rapproche, il se rend compte que l'homme à bord le connaît puisqu'il a servi dans la même compagnie et le même régiment quelques années plus tôt. Pour ne pas compromettre l'opération, l'infiltré doit organiser la mise à l'écart de cet homme, Marco. Il est embarqué, caché pendant quinze jours, relâché quand tout est fini.

Le procureur l'écoutait en silence, lui aussi mains posées à plat sur la grande table de bois sombre.

– Mais entre-temps, Nolwenn est morte parce que Kerdec est pressé. L'alerte de notre infiltré est venue trop tard. L'assassinat commis, toujours pour protéger l'opération antiterroriste, il faut que l'enquête ne débouche pas trop vite sur Kerdec. Pas plus que l'enquête sur la disparition de Marco qui n'en est pas une. On s'y emploie. On tourne même autour de chez moi, on fait des repérages en interrogeant mes enfants, on cambriole mon domicile à la recherche de preuves que j'aurais gardées et qui pourraient compromettre l'opération et la couverture de l'infiltré. Tant pis pour Nuzac et moi qui sommes les dindons de la farce, mais c'est le jeu, vous avez raison.

Le préfet avait baissé le regard.

– Ne vous inquiétez pas, j'ai presque fini. L'opération est faite. Tout est bien : elle est réussie. Donc maintenant, on peut régler le cas de Kerdec, on n'en a plus besoin. Et c'est là que je ne comprends plus. Pourquoi protéger Kerdec encore ? Pourquoi dessaisir les services locaux ? Ma question finale est donc : est-ce que vous voulez nous dire que Kerdec est intouchable ?

– Il y a des choses concernant Kerdec qui sont visées par le secret effectivement, je vous l'ai dit. Je ne peux rien dire d'autre.

Lelièvre s'était levé pendant que le préfet répétait la justification de son silence.

– Monsieur le préfet, je préfère quitter cette réunion. Soyez sans crainte, je ne dirai rien ni ne ferai quoi que ce soit. Mais je ne veux pas être mêlé à tout cela. Je vous souhaite bonne chance.

Nuzac regardait Alex dans les yeux, en silence.

– Kerdec est couvert comme source, monsieur le préfet ? dit alors le gendarme de sa voix grave. Mais ce n'est pas possible ?

– Je suis désolé, messieurs, mais c'est comme ça. Je n'ai pas d'info. Je ne peux rien dire...

Alex le coupa.

– C'est clair maintenant, Nuzac, dit-il à l'adresse de l'adjudant. Nolwenn ne pouvait être une source, parce qu'elle mettait en cause une autre source, plus importante.

Puis il se tourna vers le préfet.

– C'est un assassin, monsieur le préfet. Un psychopathe.

Il se leva.

– Je ne dirai rien non plus, n'ayez pas peur, ajouta-t-il. Mais prenons-le comme on veut, un assassin ne peut pas s'en tirer comme ça.

41

Le surlendemain, Alex se leva tôt pour partir en voiture. Il la laissa au parking de la gare de Saint-Brieuc et attrapa le train de 7 h 36 pour Paris. À Montparnasse, il prit le métro et rejoignit l'île de la Cité. Un petit détour pour voir Rollet avant de rejoindre le rendez-vous qui l'amenait dans la capitale.

Le message lui était parvenu la veille, tôt le matin. Un SMS d'un numéro masqué : « Rendez-vous aux Tuileries. Allée centrale au niveau du café des Marronniers. Jeudi. 12 heures. Seul bien sûr. NEO. »

L'ancien palais de justice rénové trônait fièrement face à l'Hôtel-Dieu. Alex traversa le pont Saint-Michel et tourna à gauche sur le quai des Orfèvres. L'entrée du 36 était devant lui. Des tas d'images lui revenaient en mémoire.

Le policier en faction, gilet pare-balles et pistolet-mitrailleur, le toisa du regard en le voyant approcher. Alex sortit sa carte.

– Dumas, Stups. J'attends le commissaire Rollet.

Celui-ci apparut dans l'entrebâillement du portail légendaire au même instant. Il enleva son masque.

Rollet appartenait à la BRI. L'unité d'élite avait pris possession du lieu mythique après le départ de la PJ pour le Bastion. Alex se dit une fois de plus que son ami avait toujours le même air juvénile. Il avait toujours paru dix ans de moins que son âge. Un talent naturel. Il avait gardé aussi cette silhouette fine. Rollet était de la catégorie dite des « chats maigres ». Agile, musclé mais fin, presque trop.

Ses yeux clairs lui souriaient.

– Alex, trop cool de te voir.

– Salut, mon ami.

– On va boire un café ou tu veux entrer faire un tour pour dire bonjour au temps passé ?

Alex déclina.

– Pas trop mon truc, la nostalgie. Va pour le café.

Ils contournèrent le Palais et s'engagèrent sur la place Dauphine avant de s'attabler à une terrasse. Alex enfonça ses mains dans ses poches. Il faisait frais, mais la situation avait le mérite de la discrétion, ils étaient seuls. Ils commandèrent puis parlèrent un moment de leurs familles et de leurs vies respectives. C'est Rollet qui aborda le vrai sujet.

– Ça me fait vraiment plaisir de te voir. Mais qu'est-ce que tu viens faire à Paris ? C'est lié à tes enquêtes ?

– Vaguement, oui.

– Toujours la même histoire ? Tu n'as rien eu de plus sur cette bizarre usurpation d'identité ?

– Non. Et les enquêtes ont été délocalisées. Tout est remonté à l'anti-terro. Depuis je suis sourd et aveugle.

– Faut dire qu'ils ont tapé fort dans ton bled.

– Tu m'étonnes. Qu'est-ce que tu en sais, vu d'ici ?

Rollet haussa les épaules.

– Pas grand-chose. Il y avait des éléments du GIGN apparemment. Mais pas seulement. D'autres forces spéciales, mais c'est pas clair.

– Des étrangers ?

– Je ne sais pas. Tous les ninjas se ressemblent au fond et ils ne sont pas bavards.

Alex sourit.

– Tu as raison.

Il regarda sa montre.

– Il faut que j'y aille.
– Tiens-moi au courant.
Il hocha la tête sans répondre.

Il ressortit de la place côté Pont-Neuf, prit le quai devant l'ancienne Samaritaine devenue l'hôtel Cheval Blanc et continua tout droit. Dix minutes plus tard, il longeait le Louvre puis traversait sous les arches vers le Carrousel. Les Tuileries s'étendaient devant lui, peuplés de touristes épars, dont le nombre lui paraissait faible pour la saison. Il se dirigea vers l'allée centrale et s'arrêta en plein milieu. Le lieu du rendez-vous. Bien choisi. Dégagé. Des lignes de fuite partout. Il n'aurait pas fait mieux. Il avait une minute d'avance. Une minute passa. Puis deux de plus. Il respira profondément.

L'homme apparut sur la gauche. Les cheveux noirs. La barbe. Le visage en lame de couteau. Il portait un jean et une veste de toile par-dessus un sweat. Une casquette grise. Un type anonyme. Mais qui ressemblait terriblement à Keanu Reeves.

Stéphane Barré se dirigea lentement vers lui.

Les rares touristes passaient devant eux en pressant le pas pour échapper au vent froid qui s'engouffrait par le couloir des grandes allées.

– Bonjour, commandant, dit-il.
– Bonjour, Stéphane Barré.
– Vous pouvez m'appeler comme vous voulez, ça n'a pas grande importance. Merci d'être venu.
– Est-ce que j'avais le choix ?
L'autre sourit.
– On a toujours le choix, mais je n'étais pas très inquiet.
Alex le toisa.
– Qu'est-ce que je peux faire pour vous ?
– Rien du tout.

Alex sourit.

– Pourquoi ce rendez-vous alors ?

– Parce que je pense que vous le méritez. Je ne vous connais pas, commandant, mais j'ai observé ce que vous faisiez. Croyez-moi ou pas, je déteste Kerdec autant que vous. Plus que vous. Mais c'est la vie.

– Vous voulez dire, qu'il s'en sorte indemne ?

– Non, de devoir croiser la route de ces connards et même faire un bout de chemin avec eux. Pour permettre d'atteindre d'autres cibles. Pour moi, c'est fini. Le dossier Kerdec est terminé. On a eu ce qu'on voulait.

– Mais alors pourquoi ne pas le laisser tomber ?

– C'est d'abord ça que je voulais vous dire. Mais vous l'aviez déjà deviné puisque vous l'avez dit au préfet. On avait besoin des Américains dans ce dossier. Parce que Kerdec leur fournissait des infos. Ça remonte au moment où il était à l'étranger. Il a rencontré des types liés à Daech qui vendaient de la drogue et cherchaient des armes. Les services américains traînaient dans le même coin. Est-ce lui qui est venu vers eux ou eux qui l'ont tamponné, je ne sais pas. Mais en tout cas, il a commencé à travailler pour eux. L'appât du gain. La volonté de s'offrir une assurance-vie aussi peut-être. Ou un mixte des deux. Bref, il les renseignait déjà sans qu'on le sache quand nous l'avons approché à notre tour. On avait remarqué sa présence autour de deals. On l'a menacé pour qu'il devienne un informateur. Il a accepté.

– C'est pour cela qu'on m'a refusé un indic sur lui. Et qu'il était si peu visible.

– Exact.

– Et que le fait de m'intéresser à lui a déclenché une surveillance sur moi.

– Encore exact. Mais Kerdec nous apparaissait toujours un peu réticent à travailler pour nous. On ne comprenait pas pourquoi. Il flippait de jouer triple jeu en fait. C'est pour ça qu'on a mis en place un dispositif pour le surveiller de près. Les balises… Et qu'on m'a infiltré auprès de lui pour gagner sa confiance.

– En livrant de la drogue aussi ?

Il hocha la tête affirmativement.

– La suite, vous la connaissez. Il a eu l'info sur Nolwenn. On n'a rien pu faire. Mais il a vraiment flippé et s'est résolu à balancer tout ce qu'il avait sur Daech. Et le fait qu'ils voulaient entrer sur le territoire comme la came : en bateau. Ça tombait bien au final que les Américains soient dans le coup. Nous avions besoin de leurs moyens d'intervention. Sans eux, pas de drones ni d'opération en eaux internationales. Nous avons donc dû dealer avec lui et avec eux. Ils voulaient à tout prix le récupérer. L'impunité, cet enfoiré l'a obtenue d'eux. Il a fait monter les enchères. C'était du terro, donc de l'international. Je vous la fais courte : on a dû faire avec. Mais du coup toute l'opération nous lie aussi. Bref, on ne peut rien faire contre lui.

Alex sentait l'excitation le gagner. Il avait vu juste.

– Il sera exfiltré d'ici peu de temps, ajouta l'autre. Quelques jours.

– Vous lui avez livré combien de cette merde avec les dauphins ou les cimeterres pour vous faire accepter et contrôler l'opération ? l'interrompit Alex.

– Deux cents kilos. Mais il y a de tout dedans.

– Et la saisie au port de Saint-Quay-Portrieux représentait combien ?

– Trente ou quarante kilos…

Alex pensa à l'entrepôt caché dans l'ancien abattoir et se mordit les lèvres pour ne pas lui parler de la dernière fois où il l'avait vu.

Il y eut un court silence.

– Pourquoi vous me dites ça ?

– Parce que après c'est vraiment fini. Quand Kerdec sera parti, les Américains le géreront seuls. Il a d'autres infos utiles pour eux sur les réseaux colombiens, il semble.

Nolwenn avait raison, ce n'était pas un fantasme, pensa Alex.

– Et c'est un message officiel ?

Keanu sourit.

– Non. Je vous dis ça à titre personnel. Moi, l'Alliance atlantique, j'en ai rien à foutre, mais c'est mon opinion. Disons que j'aurais voulu empêcher cet assassinat de votre « source ». J'ai pas réussi. J'ai merdé. C'est le jeu. Mais je suis d'accord avec vous, ce Kerdec est un vrai pourri.

Il baissa les yeux et chassa de la main de la poussière sur sa jambe de pantalon.

– Voilà. Donc je ne vous ai jamais vu. Le message que je vous ai envoyé n'est pas traçable. Au demeurant, vous aviez presque tout deviné. Sur l'abattoir, vous avez été bon.

Alex restait impassible. Barré sourit.

– Oui, je sais aussi que vous l'avez découvert. Ne me demandez pas comment. Mais c'est bien son entrepôt et son labo. Ce que je vous dis simplement c'est que dans moins de quarante-huit heures, il sera parti. Et qu'avant ça, après-demain aux premières heures de la nuit, il passera là-bas. Je le sais parce qu'il a rendez-vous à cet endroit, demain soir vers deux heures du matin. Juste avant de filer. Je voulais juste que vous ayez cette info.

– Il ne va pas laisser toute cette dope.

– Franchement, j'en sais rien. Et pour ce qui me concerne, ça peut vous sembler atroce, mais peu m'importe. Les deux cents kilos, on les a piqués en Méditerranée, alors qu'ils pourrissent le cerveau de camés en Bretagne ou ailleurs en Europe où ils seraient arrivés si on les avait pas interceptés pour appâter Kerdec, ça ne change pas grand-chose, non ? En même temps, je suis comme vous, je ne pense pas qu'il va faire une croix dessus.

Alex ne répondit pas.

– J'ai du respect pour ce que vous faites, continua son interlocuteur. Pour votre entêtement. Moi, je pourrais pas être flic ou gendarme. Bosser avec ces procédures. Je sais vraiment pas comment vous faites.

Alex sourit. Ils se ressemblaient au fond peut-être davantage qu'il ne l'imaginait.

– Parfois, je ne sais pas non plus.

– Ah, j'oubliais. Je suis désolé pour votre femme. On lui a fait peur. On voulait juste récupérer les originaux des films sur le parc éolien. Voir ce que vous aviez vraiment.

– Vous êtes joueur. Elle aurait ouvert le feu.

– J'imagine. Ça non plus, je pourrais pas.

– Quoi ?

– Traiter ce genre de sujet avec la responsabilité d'une famille.

Alex se demanda si c'était une menace voilée. Ou une marque d'estime. Ce type était illisible.

Un instant plus tard, il avait disparu.

Autour d'Alex, le vent balayait les feuilles et les faisait tournoyer, obligeant les touristes à baisser la tête et à presser le pas. Il resta là encore un instant, immobile, avant de reprendre sa route. Une impression diffuse d'émerger d'un rêve se propageait dans sa tête. Il se dit que la mer lui manquait.

42

Alex était rentré le soir même. Dans le train, les gens masqués somnolaient. Symptôme de cette drôle d'époque. Il récupéra sa voiture et reprit la direction de la côte. Il tombait des cordes. Il appela Yves depuis la route. Celui-ci lui raconta la routine de la journée. Les procédures qui suivaient leur cours.

– Et toi ?

– Je te raconterai, dit Alex, laconique. On se voit demain matin de toute façon ?

Yves lui souhaita une bonne fin de journée.

Alex passait sur le pont du Légué. Sur sa droite, l'anse des Rosaires se couvrait d'un flot remontant d'un vert éclatant sous la pluie. Il accéléra en pensant à son aversion persistante pour le mensonge. Sous toutes ses formes. Même les petits arrangements avec la réalité que les gens font tout le temps pour se faciliter la vie. Ça devait définitivement remonter à l'enfance et à la répétition des contradictions et des promesses non tenues en toute connaissance de cause par son père. Des assurances rassurantes données quant à la santé de sa mère aussi. Juste avant sa mort. Psychologie de comptoir.

Il regarda la boîte d'autotest Covid sur le siège à côté de lui, dans le sac avec le reste du matériel qu'il avait acheté à Paris. Il les avait trouvés à la pharmacie de la gare Montparnasse.

Le mensonge pourrait-il parfois être comme ces médicaments qui sont des poisons puissants, mais qui vous guérissent si on les prend à dose modérée et pour une durée réduite pour ne pas susciter d'effet pire que le mal que l'on cherche à soigner ? En tout cas, c'était comme cela qu'il voyait la situation d'aujourd'hui. Ou alors était-il en train de devenir complètement parano et de s'enfermer dans une spirale solitaire autodestructrice ?

Il croisa son regard dans le rétroviseur et sourit.

– Allez, tu as encore un peu de marge, s'encouragea-t-il.

– Positif !

Alex avait asséné le diagnostic depuis la salle de bains, porte à demi fermée, la voix ferme.

La voix de Mairead résonna de l'autre côté depuis la chambre.

– Positif ? Ah merde… Mais c'est la cata.

Alex regardait le test sous ses yeux, manifestement négatif. Le sort en était jeté à présent. Il ne pouvait plus revenir en arrière.

– Très chiant, oui. Mais je t'ai dit que je me sentais pas bien.

– Le train, tu crois ?

– Trop court pour l'incubation, mais j'en sais rien. De toute façon, on peut l'attraper n'importe où. Pas le choix que de m'isoler.

Il sortit, un masque sur le visage, et resta dans l'embrasure de la porte.

– Et on fait quoi nous ? répondit-elle.

– Tu peux avancer ton départ pour Glasgow. Ça fera plaisir à tes parents. Et je vous rejoins dès que je suis négatif. Tout le monde veut que je disparaisse quelques jours, je vais finir par obéir. On ira dans les îles, ça fait si longtemps qu'on a promis à Iona de lui montrer l'île qui porte son nom.

– C'est l'inverse, dit Mairead.

– Comment ça l'inverse ?

– C'est elle qui porte ce nom à cause de l'île.

– OK, OK, dit-il. Donc on fait ça ?

Elle le regardait fixement, une moue dubitative. Il se dit qu'il n'en menait pas si large. Elle avait un certain talent pour lire dans sa tête. Au moins le masque cachait-il son visage.

– Tu es sûr ? Tu vas survivre tout seul ?

– Je devrais y arriver.

– Alors OK. Au moins, tu pourras bouger dans la maison, je reconnais que c'est plus confortable. Et comme on doit partir voir mes parents, c'est plus sûr.

– OK, tu veux que j'appelle Ryanair ?

– Non, je vais le faire.

– Je préviens mon bureau alors.

Il la regarda sortir de la pièce.

Il venait vraiment de choisir. Il y avait de l'excitation dans ce qu'il ressentait. Un peu de crainte aussi, et de remords du stratagème. Mais il n'avait pas trente-six solutions. Si jamais ça tournait mal, au moins sa famille serait-elle en sécurité.

43

La voiture opéra un demi-tour dans le parking et, dans un nuage de poussière, s'engagea sur la petite route bordée d'herbes folles. Alex la regarda disparaître au bout du chemin puis ôta son masque FFP2 et redescendit jusqu'à la maison. Il était dix-sept heures. Dans trois heures, sa famille aurait décollé de Brest.

Il fallait qu'il se mette au travail.

Il avait appelé Yves pour annuler leur rendez-vous, lui demander de prévenir le bureau qu'il était positif. Ils convinrent de parler par Zoom un peu plus tard. Yves s'était moqué de lui en lui demandant s'il pourrait s'en sortir seul et s'il fallait qu'il lui fasse des courses.

Il avait raccroché en pensant qu'Yves aussi lui en voudrait s'il savait. Mais il ne pouvait pas l'emmener là où il allait. Ce n'était pas une question de confiance, et ce n'était pas un vrai mensonge, au pire une omission. Mais c'était mieux comme ça.

Dans la maison silencieuse, Alex s'installa dans la cuisine, posa ses dossiers et son ordinateur devant lui et reprit la fiche qui croisait les informations sur les abattoirs et sur les balises des voitures de Kerdec. L'ancien abattoir était entouré en rouge. Il sortit les plans obtenus par Yves des bâtiments et des réseaux, électricité, gaz, eau, ainsi que les photos de leur observation. Par les fenêtres, on voyait clairement un mur qui n'existait pas sur les plans. Cet enfoiré de Kerdec avait installé son labo là, en pleine campagne, dans une friche qui n'intéressait personne. Même le propriétaire ne s'en doutait pas une seconde. Des années qu'il ne s'intéressait plus à cet actif immobilier en déshérence qui n'était qu'une ligne d'écriture sans importance dans son bilan. Et vu l'ampleur du sous-sol, les locaux aménagés devaient s'étendre beaucoup plus encore en dessous.

La nuit tombée, Alex sortit son vélo électrique par la cale. Avec un coefficient de plus de cent, la mer s'était retirée bien plus loin qu'à l'habitude, lui offrant un passage à pied sec qui n'existait que quinze à vingt jours par an. Il s'engagea doucement sur le sable humide. Les sacoches de selle et son sac à dos pesaient. Il avait vingt kilomètres à faire. Le temps de s'installer, il serait opérationnel à vingt-trois heures. Cela étant, il faudrait qu'il ait de la chance, en plus de la patience nécessaire.

44

Alex regarda sa montre. Il était deux heures du matin. Ses jumelles infrarouges fixées sur un petit socle devant lui demeuraient désespérément vides. D'un geste machinal de sa main gantée, il toucha son sac à dos et les deux sacoches contre sa jambe. Puis il bougea un peu ses membres pour lutter contre le froid et l'ankylose. L'herbe était humide. Un bruit feutré de voitures lui fit lever la tête. Il tourna les focales vers la route de l'autre côté. La lueur de phares longeait la parcelle à la limite de laquelle il s'était enterré. Une ombre apparut à trois cents mètres sur sa droite. Puis une deuxième et une troisième. À cette distance, il ne distinguait que les contours. Corpulences banales. Ils étaient entrés dans le champ et avançaient droit devant eux, selon un angle qui ne devait pas les approcher à moins de cent mètres de lui. Il sentait la pression rassurante du SIG-Sauer contre sa hanche. Lorsqu'ils passèrent au plus près, Alex reconnut Kerdec et réprima un mouvement de satisfaction. Ils traversèrent la clôture et bifurquèrent à droite vers le mur de l'abattoir. Ils ouvrirent le portail grillagé et entrèrent.

Alex attendit cinq bonnes minutes puis se releva, enfila son sac à dos et, portant les deux sacoches, progressa à demi plié, à pas rapides, jusqu'au mur de clôture. Tournant le dos au portail qu'ils avaient emprunté, il se dirigea dans l'autre sens jusqu'à la brèche repérée avec Yves et entra dans l'ancienne enceinte industrielle. Il décrivit un long arc de cercle pour demeurer à l'abri de l'ombre des bâtiments qui dessinaient un U dont l'ancien abattoir principal était la dernière branche. Il s'accroupit et fit une pause. Il pensait que cette deuxième incursion était au fond moins périlleuse que la première, quelques heures plus tôt, juste après être arrivé sur place. Parce qu'il n'avait alors pas fait de reconnaissance, ne savait pas si et quand quelqu'un était susceptible d'arriver dans son dos alors qu'il piratait le digicode bricolé qui commandait l'ouverture de la double porte. Il ne pouvait que croire les infos de Neo et prier pour qu'elles soient exactes.

Le lieu était totalement silencieux. Il pénétra dans l'ancien atelier. Les poulies et les roulements auxquels on accrochait les volailles pour les tuer étaient encore là ainsi que l'immense îlot central et les chambres froides qui s'ouvraient de part et d'autre. Il avança encore, se tenant à couvert, jusqu'au mur de parpaings qui fermait la salle du sol au plafond. De chaque côté se trouvaient des fenêtres murées. Il vint se placer contre la porte métallique à deux battants placée au milieu. Il ouvrit une sacoche et sortit précautionneusement deux antivols de motos. Sans un bruit, il installa les deux chaînes en les passant dans les poignées en acier fixées sur les portes, désormais impossibles à ouvrir de l'intérieur. Puis il sortit deux bidons de l'autre sacoche. Il fit couler le contenu des bidons contre le portail. Ils se vidèrent avec un rythme régulier. L'odeur d'essence emplit l'espace. Enfin, Alex saisit dans son sac une perceuse sans fil. C'était maintenant. Il visa la croix qu'il avait faite sur le mur, là où de l'autre côté la conduite de gaz détournée par les trafiquants de drogue avait été collée, et appuya sur la gâchette. Le foret spécial s'enfonça jusqu'à la garde. Il le retira et rangea la perceuse dans le sac à dos. Des pas résonnaient dans l'escalier métallique derrière le mur. Il craqua une allumette et mit le feu à l'essence. Les flammes jaillirent et se ruèrent sous la porte. Il entendit une exclamation tandis qu'il saisissait le sac et partait en courant. Il franchit le seuil du hangar sans se retourner et attrapa dans sa poche le petit boîtier de la télécommande électronique. Le dispositif de mise à feu était à dix secondes. Il appuya sur les deux touches et commença à compter pour lui-même en franchissant de nouveau la brèche dans l'autre sens tandis qu'une explosion due au gaz soufflait le toit et secouait tout le bâtiment. Il continua à courir vers l'abri de la forêt. Cinq. Six. Sept. Huit. Il plongea dans son abri. Neuf. Il vit en pensée les explosifs et le détonateur caché derrière les sacs de drogue au sous-sol. Dix. Il ferma les yeux. L'explosion, beaucoup plus puissante que la première, lui fit l'effet d'un tremblement de terre. Une partie du bâtiment fut projetée en l'air, l'effet de souffle provoqué par l'étroitesse de l'espace et les fenêtres murées avait décuplé la force de l'explosion. Une boule de feu jaillit dans le ciel tandis que des briques et des morceaux de tôle retombaient en sifflant partout dans le champ proche de lui. Alex resta immobile deux minutes puis se releva et empoigna son vélo.

45

La lande sur la falaise au-dessus de la maison était déserte et silencieuse. Le ciel étoilé renvoyait des reflets sur l'eau en contrebas. Alex s'était arrêté sur le parking. Il souffla une minute puis sortit un petit portable de sa poche.

Le journaliste avait la voix endormie. Visiblement, il l'avait réveillé. À trois heures du matin, ce n'était guère surprenant.

– Commandant ? Qu'est-ce qui se passe ?

– Je vous avais dit que je vous renverrais l'ascenseur. Une info source interne police. Je viens d'avoir un message général. Visiblement, il y a un truc en cours. Je vais vous donner le lieu. Faites gaffe, il y a eu une grosse explosion. Un labo de drogue. Un accident ou un règlement de comptes. Vous êtes le premier au courant. Normal. En plus, c'est dans un ancien abattoir.

– Merci, commandant. C'est sympa. Je laisse un message à mon rédacteur en chef et je me mets en route. Vous serez là-bas, vous ?

– Ah non, moi, je suis isolé chez moi. Covid.

– Je suis désolé. En tout cas, je vous rappelle, et on se croise quand vous êtes guéri ?

– Voilà, on va faire comme ça. Mais si vous voulez bien, je vous appelle moi. Et on ne s'est pas parlé.

– OK.

– Bon courage.

Il arracha la puce du téléphone jetable et cassa le portable en deux avant de glisser les morceaux dans une poche de son blouson. Ce n'est pas écologique, pensa-t-il, mais il les jetterait quand même en mer demain.

Il arrivait chez lui quand Yves téléphona. Il venait de poser le vélo dans le garage après avoir passé les roues au karcher. Il récupérait son souffle. La descente par le chemin avait été rude – le passage à pied sec de l'aller n'existait plus, la marée étant remontée.

– Je te réveille ?

– Oui, mentit Alex. Qu'est-ce qu'il y a ?

– Tu n'as pas entendu ?

– J'ai le Covid, Yves, je suis débranché.

– Ouais. Ben, ça a secoué cette nuit. Une usine, une ancienne, qui a explosé. Et devine laquelle ?

Alex hésitait à répondre. Yves poursuivit.

– Un abattoir, figure-toi. Un ancien. Une explosion qu'on a entendue à des centaines de mètres à la ronde. Les pompiers sont sur place, mais c'est un brasier. Et qui dégage des odeurs étranges.

Alex sourit, seul face à la mer.

C'était fini.

46

Le lendemain après-midi, Alex avait ouvert en grand la porte du hangar à bateaux et descendu son semi-rigide pour le passer au karcher.

Toute la matinée, il avait observé ce qui se disait sur les faits et lu le grand article en ligne du journaliste du *Télégramme*, premier sur les lieux et seul à offrir des photos de l'usine en flammes, un énorme nuage de fumée au-dessus de ce qui avait été une toiture et n'était plus qu'un cratère entouré de murs écroulés et noircis.

Il avait eu aussi Yves longuement et Mairead pour la prévenir et qu'elle ne s'inquiète pas si elle entendait parler des nouvelles. Le feu d'artifice des faits divers dans les Côtes d'Armor semblait ne jamais devoir s'arrêter.

Torse nu et en jean, il achevait son nettoyage lorsqu'il aperçut dans le contre-jour un bateau qui se dirigeait droit sur lui. Il mit sa main en visière mais ne parvint pas à identifier le bateau et son occupant. La marée était haute, et l'eau venait mourir en vaguelettes à moins d'un mètre de lui. Il éteignit le karcher, assura les cordes qui retenaient le bateau et attendit, mains sur les hanches.

Le juge Lelièvre portait un magnifique maillot de pêche blanc et un foulard bleu vif sous une casquette noire. Il stoppa son bateau à un mètre de la cale.

Alex lui sourit.

– Vous êtes en panne, monsieur le procureur, ou vous venez faire une débarque clandestine de poisson de contrebande ?

– Ni l'un ni l'autre, je vais vous décevoir, commandant. Je suis venu voir si vous alliez mieux.

– Je crois, oui. Je me sens en pleine forme.

– Vous m'en voyez ravi.

– Je vous offre une bière ?

– Pas de refus.

– Vous n'avez pas peur du Covid ? Je peux remettre un masque.

– On va la boire dehors, ça ira.

– OK, dit Alex en descendant vers lui tout en enfilant son tee-shirt, je vais vous amarrer au mien.

Il attacha le bateau de Lelièvre et l'aida à descendre puis ils remontèrent tous deux en haut de la cale.

– Incroyable, cet endroit, commenta le procureur. Et calme.

– Le charme de la Bretagne. Ne bougez pas, j'arrive tout de suite.

Alex rejoignit la cuisine par l'escalier intérieur, sortit deux bières du frigo, les déboucha puis redescendit et en tendit une au juge.

– Vous voulez un verre ?

– Merci, non. Alors vous êtes encore positif ?

– Je me teste à nouveau demain, mentit Alex. Et si c'est bon, je pars rejoindre ma famille en Écosse.

– Vacances ?

– Oui, ma femme fait une exposition là-bas.

– J'ai vu sa toile à la fondation Leclerc dans un reportage. Magnifique.

– Merci, là, c'est une autre en Écosse. C'est son pays d'origine, ma fille porte même le nom d'une petite île des Hébrides.

– Vous avez raison. Vous auriez dû prendre des vacances avant. Enfin. Le calme breton n'est pas le même partout. Vous avez vu ce qui s'est passé dans les terres. Les légistes ont du boulot pour un moment.

– Qui suit l'enquête ?

– Les gendarmes. Votre ami Nuzac. Ils penchent pour un règlement de comptes. Le préfet est nerveux. Beaucoup de faits divers en peu de temps. La saison estivale est loin, mais ça a un côté mauvais genre.

Alex buvait sa bière doucement sans répondre.

– Selon toute vraisemblance, Kerdec est au nombre des victimes. On attend l'analyse ADN de confirmation. C'est peut-être une erreur de manipulation de sa part qui a fait tout sauter d'ailleurs, mais c'est quand même peu vraisemblable : les portes étaient fermées de l'extérieur. Enfin, beaucoup de came est partie en fumée. Ils avaient aménagé un labo clandestin pour la transformer. Entre vous et moi, c'est plutôt une bonne opération.

Le visage de Nolwenn s'imposa dans l'esprit d'Alex. Il avait agi comme il le lui devait.

– Ça serait une bonne opération si personne ne les remplaçait, monsieur le procureur, répondit-il seulement.

– Ne soyez pas pessimiste, Dumas. Ça ne vous ressemble pas. C'est que vous êtes encore fatigué par la maladie. Après tout, quand les voyous se flinguent entre eux, c'est du désordre certes mais aussi du ménage.

– Ça va arranger tout le monde au plus haut niveau en tout cas. S'il est mort, il n'y a plus d'enquête sur Nolwenn Hubert, car plus de coupable.

– Exact.

Le juge leva sa bière comme pour un toast.

Alex lui répondit en miroir.

Le regard du juge était impénétrable.

Mais il souriait.

47

Le bac vint se poster au bas de la cale et dans un claquement métallique le hayon s'ouvrit et se déplia pour former un quai d'embarquement.

Iona rugit de plaisir et voulut s'élancer, mais Mairead la retint.

– Attends, chérie, il faut qu'ils nous disent d'embarquer.

Alex, qui tenait la main de Sean, sourit à côté d'elle.

Puis l'employé du bac enleva la chaîne qui les empêchait d'approcher et leur fit signe qu'ils pouvaient monter à bord. Ils s'assirent sur les sièges contre le garde-corps au-dessus de l'eau. Mairead et Alex avaient chacun un enfant sur les genoux et les tenaient fermement. Les marques de courant montraient suffisamment la force du débit de l'eau qui passait dans le minuscule détroit, deux ou trois cents mètres au plus serré, qui séparait l'île de Mull de la minuscule île de Iona. L'eau semblait presque noire sous le reflet du ciel plombé de nuages. Une lumière crue d'orage rendait plus verte encore, presque fluorescente, l'herbe qui bordait la côte devant eux. Ils distinguaient le monastère en ruine et apercevaient même les tombes du cimetière historique où la tradition voulait que repose Macbeth. Plus loin sur la gauche, les petites maisons blanches du village s'étalaient le long de la lande. Alex se tourna vers Mairead et lui sourit. Iona sur ses genoux buvait du regard tout ce paysage de ce qu'elle pensait être son royaume.

Elle lui sourit en retour.

Il n'y avait donc pas de raison de désespérer, pensa Alex. Les jours depuis qu'il les avait rejoints lui semblaient comme un remède qui comblait les plaies et les cicatrisait mieux que n'importe quel onguent. Certains médicaments sont des poisons, mais d'autres sont uniquement bénéfiques.

Il jeta mentalement dans les eaux noires la clé du compartiment mental où il avait tout enfermé, des images horribles aux mensonges. Tout ce qui n'existait que là, au fin fond de son cerveau, et donc n'existait pas. N'existait plus.

Bien sûr, il y aurait d'autres jours difficiles et d'autres remèdes inavouables.

Mais il les affronterait avec succès. Il en était sûr désormais. Puisqu'il existait des choses aussi solides, vraies et sur lesquelles on pouvait s'appuyer que ces cailloux écossais. Puisqu'ils étaient ensemble.

Remerciements

Je tiens à remercier très chaleureusement tous les professionnels, policiers, gendarmes et magistrats, qui ont bien voulu me partager leur expérience et leur quotidien, et en particulier le substitut du procureur Grégory Martin-Dit-Neuville, l'adjudant-chef David Zingraff et l'adjudant-chef de réserve Lionnel Mas. Ce roman doit beaucoup à nos conversations au long cours et à leurs réponses patientes et précises à mes innombrables questions sur les grands sujets comme les petits détails.

Un grand merci également à Isabelle Saporta, Éléonore Delair, Margaux Russo, Jean-François Dauven et à toute l'équipe de Fayard pour leur enthousiasme et leur efficacité sans faille.

J'ai aussi une pensée particulière à l'instant de finir ce roman pour Philippe Robinet, qui sait pourquoi, et pour Christian Aillet, Françoise Calvez et Edgard Bonte, au nom des heures passées en mer, sur l'eau et sous l'eau.

Merci enfin à Caroline, pour tout.